JN324089

仙台青葉の殺意

西村京太郎

角川文庫
17234

目次

第一章　死の便り

1

十津川《とつがわ》に、電話があった。

中年の女性の声で、

「十津川省三《しょうぞう》さまでいらっしゃいますか？」

と、丁寧に、きいてから、

「実は、主人の田中が、昨日亡くなりました」

「田中さん？」

田中という名前の知り合いは多いが、そのなかの誰なのだろうか？

「田中伸彦《のぶひこ》でございます」

「――」

その名前には、ぴんと来なかった。もともと、親しい相手でも、姓は覚えていても、名の方は、はっきり覚えていないことが多いものである。

「実は、主人の遺品の手帳を見ていましたら、十津川さんの名前が出ておりまして、自分の葬儀には、ぜひとも、警視庁の十津川省三氏に来て貰《もら》ってくれと、書かれていたんでございます。それで、明日の午後二時からの葬儀に、ぜひおいで頂きたいと思いまして」

と、相手は、いう。

「お住いは、何処でしょうか？」

と、十津川は、きいてみた。それで、何かわかるかと思ったのだ。

「仙台の一番町《いちばんちょう》でございます」

「仙台？」

「はい。亡くなった主人の願いですので、何とぞ、お越し下さるようお願い致します」

と、いって、相手は、電話を切ってしまった。

一時間ほどして、どう調べたのか、十津川の自宅ＦＡＸに、案内状が、送られてきた。

〈夫、田中伸彦が、十月四日午後五時、仙台市内の病院にて永眠致しました。

左記において葬儀を行いたいと思いますので、ぜひご参列下さいますよう、お願い申し上げます。

於・長敬寺（仙台市一番町）

十月六日午後二時より

喪主　田中啓子《けいこ》〉

十津川は、プライベイトでも、公務でも、仙台に行ったことがあった。

だが、田中伸彦という男に会ったという記憶はなかった。

それなのに、なぜか、気になる招請だった。

遺品となった故人の手帳に、十津川の名前があったというのは、何かあると見るべきだろう。全く、何の関係もないのに、死ぬ人間が、十津川の名前を、手帳に書いたりは、しないだろう。

誰かと間違えたとは、考えにくかった。未亡人の電話では、警視庁の十津川省三と書かれていたというからである。警視庁に、他に十津川という人間は、いない。

「私は、行って来ようと思っています」

と、十津川は、上司の本多《ほんだ》捜査一課長に、いった。

「しかし、田中伸彦という名前に、心当たりはないんだろう？」

と、本多は、いう。

「いくら考えても、田中伸彦という名前に、心当たりは、ありません」

十津川は、正直に、いった。

「それなのに、行ってみたいというのかね？」

「おかしないい方ですが、心当たりがないので、気になるんです。よく知っている人間が亡くなったという知らせでしたら、今は忙しくて葬儀には出られないが、いつか、お墓参りをさせて頂きますということで、すませますが、自分の知らない人間が、突然、自分の葬儀の時に、参列してくれといっているとなると、気になって仕方がないのです」

と、十津川は、いった。

「なるほど、そういう考え方もあるか」

「それに、一度気になりだすと、気になって、仕方がないのです」

「犯罪の匂いもすると思っているのかね？」

と、本多が、きいた。

「今のところは、犯罪の匂いは、あまり感じられません。しかし、故人は、私が刑事だから、葬儀に来てくれと、奥さんに遺言したのだとしますと、犯罪が関係しているのかも、知れません」

と、十津川は、いった。

「どうやら君は、私が駄目だといっても、休暇をとって、仙台へ行く気のようだな」

本多は、見すかしたように、いった。

「その通りです。実は、休暇願を書いて来ました」

十津川は、ポケットから取り出した。

「幸い、今、事件に関係していないので、明日、一日休暇を頂きたいと思います」

2

翌日、十津川は、東北新幹線で、仙台に向かった。

仙台には、今までに、数回行っているが、事件の捜査に関係していたから、落ち着いて、仙台の町を歩いたことはない。

昼前に仙台に着いた十津川は、葬儀の始まるまでの間、のんびりと、市内見物をすることにした。

観光案内を片手に、まず、バスで、青葉城趾《あおばじょうし》へ向かった。

すでに、杜《もり》の都は秋の気配で、あふれていた。

秋の装いをした観光客たちと一緒に、十津川は、伊達政宗《だてまさむね》の像を見たり、仙台市内の展望を楽しんだりした。

そのあと十津川は、市内に戻り、少し早目の昼食をとった。

昼食のあと、一番町に足を運ぶ。

一番町は、仙台で、一番賑《にぎ》やかな地区である。ＦＡＸにあった長敬寺は、その賑やかな町中にあった。

十津川が着いた時、葬儀はもう始まっていた。

受付で、香典を差し出し、自分の名前を記帳すると、それを見ていた受付の青年が、

「警視庁の十津川さんですか？」

と、念を押すように、きいた。

「そうですが――」

「実は、奥さまから、十津川さんが見えたらと、伝言を頼まれているんです。今日の夕方の六時に、お渡ししたいものがあるので、自宅の方へお越し下さいということです」

と、相手は、いった。

「自宅というのは、何処ですか？」

「この近くに、田中食品のビルがあります。仙台名物の笹かまぼこや、かきなどを販売しているんですが、その裏に田中さんの自宅があります」

と、受付の青年はいい、地図を描いてくれた。

どうやら、亡くなった田中伸彦というのは、仙台市の有力者のようだった。

それだけに、葬儀の参列者も、多彩だった。

宮城県知事の花輪もあり、市長は自身で、参列して、弔辞を述べた。

県会議員の花輪もいくつかある。宮城の経済界だけでなく、政界にも、力を持っていたということなのか。

十津川は、親族席に眼をやった。

未亡人の啓子が、若いのに驚いた。亡くなった田中は、六十五歳というから、それより、ふたまわりぐらいは、若く見えた。

いい
十津川は、その顔にも、やはり、記憶がなかった。

(後妻かな?)

と、思った。

葬儀の席では、それ以上のことは、考えなかった。

故人の笑った遺影も見たが、その顔にも、やはり、記憶がなかった。

陽が落ちてから十津川は、地図にある田中邸を訪れた。

田中ビルの方は七階建で、田中食品KKの大きな看板が、かかっていた。

その裏手には、全く違う凝った造りの日本家屋が、あった。

「忌中」の札のかかった門を入り、玄関のインタホーンを鳴らした。

五十歳くらいのお手伝いが顔を出して、十津川を、奥へ案内した。

滝のある庭に面した奥の座敷で、未亡人の啓子に会った。

喪服姿の啓子は、少し疲れているように見えたが、それでも微笑で、十津川を迎え、

「わざわざおいで頂き、ありがとうございます」

と、頭を下げた。

「正直に申し上げて、今日、亡くなった田中さんの遺影を拝見したんですが、記憶がないんです」

と、十津川は、いった。

「でも、主人の手帳に、十津川さんの名前があったのは、本当なんです」

と、啓子はいい、その手帳を見せてくれた。

革表紙の手帳で、今年のものだった。

啓子が開いたページは、十月一日のところで、それが最後の記入になっていた。

そこには、ボールペンで、次の記入があった。

〈啓子へ
今日まで、三十歳近くも年寄りの私に、よくつくしてくれた。

ありがとう。

私の亡くなったあとは、君の好きにしていいが、葬儀には、一つだけ、頼んでおきたいことがある。

それは、警視庁捜査一課の十津川省三警部を、呼んで貰《もら》いたいということだ。

これは、ぜひ、守って貰いたい〉

「亡くなる前、ご主人から、私のことを何か聞きましたか？」

と、十津川は、きいてみた。

「いいえ」

と、啓子は、いう。

「一度も、ですか？」

「はい。主人が亡くなって、その手帳を見て、初めて、十津川さんの名前を知りました。

手帳は主人が、病室に持ち込んで、時々、何か書き込んでいましたが、亡くなるまで、見たことはありませんでした」

　と、啓子は、いった。

「この手帳を、頂けますか？」

　と、十津川が、きくと、

「どうぞ。私のわからないことしか書いてありませんから」

　と、啓子は、いった。

　そのあと、彼女は奥から、唐三彩の馬の陶器を持ってきて、

「これを貰って頂けませんか」

　と、いった。

　田中伸彦は、唐三彩の蒐集《しゅうしゅう》をしていて、亡くなったあと、主な知人に、形見分けをしているのだという。

「しかし、私は今もいいましたように、生前の田中さんに会ったことがないんですよ」

　と、いって、十津川は断わったが、啓子は、

「手帳の最後に、わざわざあなたの名前を書いたんですから、きっと主人にとって、大切な方だったに違いありませんわ」

　と、いい、ぜひ貰って欲しいと、くり返した。

3

啓子は、泊っていくことを勧めたが、十津川は、一日だけの休暇しかとっていなかった。

その日のうちに、東北新幹線で、帰京することにした。

その車内で、十津川は、今日一日を、振り返ってみた。

奇妙な一日だった。未亡人に会えば、なぜ、自分が、葬儀に呼ばれたのか本当の理由がわかると、期待していたのだが、結局わからないまま、終わってしまった。未亡人にも、亡くなった夫が、なぜ、手帳に十津川の名前を書いたのか、わからないというのだ。

そして、今、十津川の手元には、形見分けの唐三彩と手帳がある。

まず、ケースに入った唐三彩を見た。

唐三彩の名前は知っているが、実物を手にするのは、初めてだった。

〈唐三彩馬俑《ばよう》〉

と、ある。

唐三彩という名前の通り、三つの色彩が、鮮やかである。

特にグリーンが、美しい。

一頭の馬が、右前脚を軽く上げて、駆け出す一瞬を、とらえている。

高さは、三十五、六センチぐらいだろう。

これを、形見分けにくれたことに、何か意味があるのだろうかと思った。が、わからなかった。

これがお話なら、馬の体の中から、小さく丸めた遺書でも出てくるのだろうが、いくら調べても、それらしきものは、見つからなかった。

諦《あきら》めて、唐三彩を網棚にあげ、今度は、手帳を、広げてみた。

啓子の話では、五月十日に、突然体調を崩して、入院したという。

そして、五ヵ月後、亡くなっている。

従って、手帳の中に書かれた記述も、五月九日までと、そのあととは、がらりと違っていた。

一月一日から、五月九日までは、仕事の記述が多い。

田中食品社長として、最近売り上げが落ちてきたことを、悩んだり、新製品の開発に苦労したりしていたのが、わかる。

政治家の名前が出てくるのは、政治家の後援者になっていたのだろう。

それが、五月九日を境に、がらりと変わってしまう。

それでも、五月中旬くらいまでは、苦しみながらも、すぐ快復して、退院できると思っていて、会社の幹部に連絡をとって、仕事の指示をしたり、知事に、電話で陳情したりしている。

それが、下旬頃から、ガンではないかという疑いにかられてくる。

ひょっとして、治らないのではないかという不安。

一日中胸が苦しいとか、心臓が締めつけられる感じがするという言葉が、散見する。

そして、十月一日に、突然、葬儀の時には、十津川省三氏を呼んでくれという記述になるのだ。

この時には、自分は死ぬだろうという意識があったのだろう。

しかし、文字の乱れは、最後までなかった。常に冷静だったようなのだ。

亡くなったのが十月四日だから、十月一日のあと、三日間あるのだが、その間、手帳には何の記入もない。

といって、人事不省に陥ってしまったということはないようだった。もしそれなら、妻の啓子や、親族が呼ばれていた筈《はず》で、そんな話は、聞けなかった。

と、すると、彼は、その三日間、じっと、何かを考えていたに違いない。

いったい、何を考えていたのだろう？

車内販売が来たので、十津川は眠気をさますために、ホットコーヒーを注文した。

それを窓際に置いて、十津川は、顔を洗おうとして立ち上がった。

洗面所で、顔を洗って、席に戻る。

コーヒーを口に運び、もう一度、手帳を一月一日のページから、読み直していった。

仕事関係の記述は、正直にいって、退屈だった。

仙台にも不景気の風が、吹いて来ているんだなと、感じるだけである。

そのうちに、あることに気がついた。

宮城県知事も、市会議員も、会社の幹部も、全て実名で書かれているのに、一人だけ、イニシャルになっている人間がいることに気がついたのだ。


〈Ａ・Ｋ〉


と、いう人間である。

ひんぱんに出てくるわけではなかった。

一ヵ月の間に、一度くらいだった。それも、全て、簡単な記入だった。


Ａ・Ｋに電話。

Ａ・Ｋより電話。

Ａ・Ｋに会う。


それだけなのだ。電話でどんな話をしたかは、全く書かれていない。

何処で会ったのか、場所も記入はない。

五月十日に入院してから、Ａ・Ｋからの電話は、二回あった。

八月十日　A・Kより電話。
九月三十日　A・Kより電話。

この二回だった。

十津川が引っかかったのは、九月三十日の方だった。次の日、十月一日は自分の葬儀に、十津川を呼んで欲しいという記入があったからである。

この間に、何か関係があるのだろうか？

紙コップのコーヒーに手を伸して、飲む。

そして、考える。

A・Kというのは、何者だろう？　妻の啓子にかくれて、他に女を作っていたのだろうか？

急に頭の回転が、鈍くなってくる。

(どうしたんだ?)

自問するが、わからない。

(何か飲まされたのか)

と、思っているうちに、意識が混濁してきた。

(ヤ・ラ・レ・タ――)

4

誰かに肩を叩《たた》かれて、十津川は、眼を開けた。

「東京駅に着きました」

と、車掌が、いった。

「ああ」

と、十津川は、肯《うなず》いた。まだ頭がぼうっとしている。

手に何も持っていない。

(手帳は?)

と、あわてて、周囲を見回した。足元にも、手帳は落ちていなかった。

「何か、お探しですか?」

と、さっきの車掌が戻って来て、きいた。

「私の手帳が、見つからないんだが――」

と、十津川は、いった。

「上衣《うわぎ》のポケットに入っていないんですか?」

車掌は、ちょっと、いらだったような調子で、いった。

車内の客は、全部降りてしまっている。

十津川は立ち上がって、ポケットを探ったが、なかった。

「黒い革の手帳なんだがね」

「それでしたら降りられて、駅で、紛失届を出して下さい。この車両は、車庫に入りますので」

と、車掌は、いった。

「ああ。申しわけない」

十津川は、網棚から唐三彩を下し、それから、空になったコーヒーの紙コップを持って、急いで、ホームに降りた。

しかし、駅で紛失届は、出さなかった。

手帳は盗まれたと、確信していたからである。

翌日、警視庁に出勤すると、十津川は、コーヒーの紙コップの底に残ったコーヒーを、科研で調べて貰《もら》うことにした。

午後になって、その結果が報告されてきた。

やはり、強力な睡眠剤が、混入していたという。

（あの時だ）

と、思った。

車内販売でホットコーヒーを注文したあと、十津川は、それを窓際に置いて、洗面所へ顔を洗いに行った。

その時、手帳は上衣のポケットに入れた。

だから犯人は、この時、手帳は盗めなかったのだ。

そこで犯人は、コーヒーの中に、強力な睡眠剤を投入して、様子を見ることにしたのだろう。

十津川は座席に戻って、コーヒーを飲みながら、手帳に眼を通した。

そして、薬が効き、十津川は眠ってしまった。

犯人は見計らって、手帳を盗《と》って逃げたのだろう。

十津川は、考え込んだ。

それは、手帳が、何故、盗まれたのかということもあるが、それ以上に、

（これが、何かの始まりなのか？）

という不安だった。

このあと、何も起きなければ、手帳を盗まれたこと自体は、さほど重大なことではないことになってくる。

しかし、何かが起きる前触れだとしたら、と考えると、不安が大きくなってくる。

「カメさん。ちょっと、お茶につき合わないか」

と、十津川は、亀井《かめい》を誘った。

亀井は、笑って、

「実は、私の方から、お誘いしようかと思っていたんですよ」

と、いった。

喫茶室でコーヒーを飲みながら、十津川は、全てを、亀井に話した。

「このあと、何も起きなければいいと、思っているんだがね」

「A・Kというイニシャルだけの人間が、気になりますね」

と、亀井は、いった。

「同感だ」

「普通に考えれば、たいていの人間が、このA・Kは、奥さん以外の女ではないかと考えますよ。それがバレるとまずいので、この人間だけ、イニシャルにしているのだとです」

「カメさんも、そう考えるかね」

「ええ」

「私も同じことを考えたんだが、だとすると奥さんは、なぜ、手帳を私に渡したのか、不思議に思えてくるんだ。当然、A・Kが、気になるだろうからね」

「奥さんは、この手帳に眼を通したんでしょうか？」

と、亀井が、きいた。

「眼を通したと思うよ。だからこそ、私を葬儀に呼んだんだろう」

と、十津川は、いった。

「二つのことが、考えられますね。奥さんは、A・Kが誰か知っているが、もう自分とは関係ないと思って、警部に手帳を渡したか、それとも、A・Kが誰か知らないが、ご主人が死んでしまったので、詮索《せんさく》しても仕方がないと思ったのか」

「なるほどね」

「警部はそのA・Kが、手帳を奪ったとお考えなんですか？」

「手帳を奪ったのは、手帳に書かれている人間だと、私は思っている」

「そうですね。無関係な人間が、手帳を奪う筈《はず》は、ありませんから」

「宮城県知事や、向こうの政財界の人間は、全て実名で書いてあって、偽名というか、イニシャルなのは、A・Kだけなんだ。亡くなった田中伸彦としては、A・Kの本名を知られたくなかったんだろうし、A・Kの方も、同じ気持ちだったと思う。そう考えると、手帳を奪ったのはA・K本人としか考えられないんだよ」

「その人間は、万一に備えて、強力な睡眠剤を用意して、警部を尾行し、同じ新幹線に乗り込み、隙をみて警部のコーヒーに、睡眠剤を投入したことになりますね」

「ああ。そうだ」

「犯人は、よほど、手帳が欲しかったんでしょうね」

と、亀井は、いった。

「しかし、A・Kについては、短かい記述しかないんだ。何月何日、A・Kから電話。何月何日A・Kに電話。何月何日にA・Kに会うと、その三つのパターンの記述しかなかったよ。A・Kが、どんな人間かなんてことは、書いてなかった。男か女かもわからないし、年齢も住所もわからない。そんなことしか書いてない手帳を、A・Kが奪うかな？」

「A・Kは、自分のことを、田中伸彦が、手帳にどう書いたか知らなかったと思いますよ。だから、心配になって無理矢理奪っていったんじゃありませんか」

と、十津川に、いった。

「わからないといえば、私にとって一番わからないのは、田中伸彦という男が、何故、私のことを、手帳に書き残したかということなんだ」

と、十津川は、いった。

「本当に警部は、その男のことを、全く、ご存知ないんですか？」

亀井が、きく。

「仙台へ行って、彼の遺影を見たし、奥さんにも会ったし、田中食品という彼の会社と、自宅にも行ってみた。しかし、全て、初めて見る顔だったし、建物だったね。もちろん、彼の奥さんも初めて見る顔だったよ」

と、十津川は、いった。

「でも、相手は警部の名前を知っていて、手帳に書いたわけですね」

「そうだ」

「しかし、警視庁捜査一課の名称は知っていても、何という名前の刑事がいるかなんて、普通の人は、知らないと思いますがね」

「そうだろうね」

「それなのに何故、田中伸彦は、警部の名前を知っていたんでしょうか？」

「二年前、例の連続殺人事件が解決した時、私は、週刊誌の取材を受けている」

「覚えていますよ。難事件を解決した十津川警部と七人の部下として、私も取材を受けましたから」

「三上《みかみ》刑事部長も、警察批判が多い時だから、マスコミの取材を進んで受けるようにいうので、取材を受けたんだ。私の顔や名前が、マスコミに出たのは、あの時だけだよ」

と、十津川は、いった。

「田中伸彦は、あの週刊誌を覚えていたんじゃありませんか？」

「だから死ぬ直前、手帳に私の名前を書き込んだか。葬儀に呼ぶようにと。しかし、何故だ？」

「警部に、何か調べて貰いたいということですかね」

と、亀井は、いった。

「しかしねえ。手帳には、自分の葬儀に、十津川省三に来て貰えとしか書いてないんだ。私に、何かをして貰いたいといったことは、全く書いていないんだ」

「書き忘れたということは、ないんでしょうか？　それを書く前に、亡くなってしまったということですが」

「それはないな。私を葬儀に呼ぶようにと、書いたのは、十月一日で、亡くなったのは、十月四日なんだ。三日間の余裕があったんだよ。その間、人事不省に陥っていたということもないんだ」

と、十津川は、いった。

「奥さんのことではないんですか？」

「奥さんのこと？」

「亡くなった夫の田中とは、だいぶ年齢が違うんでしょう？」

「ふた回りぐらい年齢が、違うんじゃないかな」

「田中伸彦は、急に病気になって入院した。それで、彼はひょっとして、若い妻が、財産欲しさに、自分に薬を飲ませたのではないかと疑う。しかし証拠はない。それで自分が死んだら、誰かに調べて貰《もら》いたいと考えた。地元の警察は、妻の方を信じているから駄目だ。そこで、いつか週刊誌で見た警部の名前を思い出した。これはどうですか？」

と、亀井が、いった。

十津川は、笑って、

「面白いが、考えにくいね。もし奥さんが、そんなことを企《たくら》んでいるんだとしたら、手帳を私に見せたりはしないだろう。手帳なんかなかったといえばいいんだからね。田中伸彦が奥さんを疑って死んだとしても、彼女の方は、シロだということになってしまうんだよ」

と、いった。

（それでも――）

と、十津川は、考えてしまう。

何者かがあの手帳を奪っていったのは、まぎれもない事実なのだ。

それも、犯人はわざわざ強力な睡眠剤を、新幹線の中に持ち込んでいる。チャンスがあれば、使おうと考えていたのだろう。

そのチャンスを、十津川が作ってしまった。眠気ざましにコーヒーを注文し、おまけに洗面に立ってしまったのだ。

未亡人が簡単にくれたものを、まさか、盗まれるとは、思っていなかった。不覚だったと、今になれば思う。

しかし、犯人が、手帳を奪った理由が、わからないのだ。

「それだけに、不安になるんだよ」

と、十津川は、いった。

「手帳をめぐって、何か起きるのではないかと、思っていらっしゃるんですか？」

「そんなところだ」

と、十津川は、いった。

ただ、何処で、どんな形で現われるかわからなかった。

5

だが、何も起こらない日が、二日間続いた。

その間十津川は、仙台の田中啓子に、手帳を奪われたことを知らせようとして、ためらっていた。

ひょっとして、彼女に近い人間が、犯人ではないかと考えたからである。

三日目の十月九日の夜、十津川の恐れていた事件が起きた。

この日の午後九時頃、井《い》の頭《かしら》公園近くの有料駐車場で、他殺死体が発見されたのだ。

ここに駐《と》めてあった車のトランクに、死体が入っていた。びっくりした車の持主が、あわてて、一一〇番した。

十津川班が、その事件を担当することになったのだが、その時点では、まだあの手帳との関係はわかっていなかった。

十津川が現場に着いた時、死体はすでに、車のトランクの外に運び出されていた。

投光器の強烈な光のなかの死体は、四十歳くらいの男だった。

俯《うつぶ》せにされた死体の背中には、ナイフの刺さった形跡があった。

すでに血は乾き、死後硬直が起きているのがわかった。

車の持主が、青い顔で、十津川にいった。

「今日、友人と河口湖《かわぐちこ》に夜釣りに行くことになっていて、車のトランクに、釣道具を入れようとして開けたら、死体があったんです」

「トランクは、毎日、開けていたんですか？」

と、十津川は、きいた。

「いや、十月四日から六日まで、会社の出張で、九州へ行っていたので、その間、この車は使っていません」

と、車の持主は、いった。

とすると、誰かがトランクを開けて、死体を放り込んだのか。

有料駐車場だが、野天で、管理人はいないから、トランクに死体を入れるのは、簡単だったかも知れない。

「トランクに、カギはかかっていなかったんですか？」

と、亀井がきくと、車の持主は、

「実は、カギがこわれていたんです。直そうかと思いながら、差し当っての必要がなかったものですから」

と、いう。

二十台くらいの車が入る駐車場だが、犯人はそのなかから、トランクのこわれている車を選んで、死体を放り込んだのだろうか。

死体が身につけていたものが、十津川の前に、並べられた。

運転免許証

財布（十六万三千円入り）

車のキー

キャッシュカード

護身用と思われる小型ナイフ

運転免許証にあった住所と名前は、次のものだった。

〈三鷹《みたか》市井の頭×丁目　メゾン・アサヒ703　高見《たかみ》　明《あきら》〉

年齢は、四十一歳だった。

この近くの住人なのだ。

名刺入れに、同じ名刺が、十二枚入っていた。

〈高見私立探偵事務所　高見　明〉

と書かれた名刺である。

「私立探偵か」

と、十津川が、呟《つぶや》いた。

しかし、十津川が、もっとも引っかかったのは、一枚の紙片だった。

それは、内ポケットに、小さく丸めて、放り込まれていたので、最初は、ゴミだと思われたのである。

しかし、つまみあげて、丁寧に広げてみると、それは手帳の一ページだとわかった。八月十一日から十七日までの七日間にわかれていて、裏側は白紙になっているものだった。

その八月十六日の欄に、次の文字があった。


〈A・Kに電話〉


「あの手帳だ」

と、十津川は、声に出していった。

「仙台で、未亡人に貰った手帳ですか？」

亀井が、きく。

「そして、私が奪われた手帳だよ。この文字に、記憶がある」

「すると、この男が、盗んだ犯人ですかね」

「何らかの関係はある筈《はず》だよ」

と、十津川は、いい、西本《にしもと》と日下《くさか》の二人の刑事に、

「この男の事務所へ行ってみてくれ」

と、命じた。

二人はパトカーで、メゾン・アサヒに向かった。

死体の発見された現場から、五百メートルほど離れた場所にあるマンションだった。

その七階の703号室を、管理人に開けて貰った。

ドアに「高見私立探偵事務所」の看板が、かかっていた。

2DKの造りで、玄関を入ってすぐの十畳が、事務所になっている。

奥の八畳にベッドや、洋ダンスが置かれているから、そこが住居なのだろう。

事務所の壁際に、二つのキャビネットが、並んでいた。

開けると、調査依頼に対する報告書の控が、入っていた。

全部で、十二冊あった。

パソコンが一台あったから、パソコンを使って、書かれたものだろう。

壁には、十月のカレンダーがかかっていて、十月五日と六日のところに、「仙台」の文字が記入してあった。

二人の刑事は、十二冊の調査報告書の控と、カレンダーを押収した。

その日のうちに、三鷹警察署に捜査本部が設けられ、この二つが、全員に示された。

「被害者が十月五日、六日、仙台と、カレンダーに記入しているのには、興味があるね。多分、この私立探偵が、六日に仙台から、私を追っかけて来て、新幹線のなかで、あの手帳を奪ったんだと思うね」

と、十津川は、いった。

十月六日、仙台から帰るとき、十津川が乗ったのは、二〇時五八分仙台発の「やまびこ212号」である。この列車の東京着は、二三時二四分になっていた。

この時刻に東京に着くと、その日のうちに、仙台に戻る新幹線はない。

十津川は、十二冊の調査報告書を調べたが、ここ、二ヵ月間のものは、見つからなかった。

恐らく、高見明は、最近、表の調査の仕事をやめて、裏の金になる仕事に手を染めているのではないか。

翌日午後の捜査会議で、十津川は自分の考えを、捜査本部長の三上刑事部長に説明した。

「殺された高見明についてですが、司法解剖の結果、十月六日の午後十二時から、七日の午前一時の間に殺されたことがわかりました。問題の車は、持主の話によると、十月四日から七日まで、駐車場に駐めておいたということですから、殺した犯人はその間に、これてカギの利かない車のトランクに、投げ込んだものと思われます。この高見明の行動ですが、私は次のように推理します。彼は最近、私立探偵の仕事をやめて、何か金になる仕事に手を出していたと思われます。そこで誰かが、高見に依頼したのではないかと、考えられるのです。仙台で田中伸彦という食品会社の社長が、十月四日に死んだ。その田中はずっと手帳にメモをつけていたが、その手帳を、何としてでも手に入れて欲しいという依頼です。多額の成功報酬が約束されていたと思います。そこで、高見は十月五日に、仙台へ出かけたのです。ところが、問題の手帳を未亡人は、刑事の私に渡してしまった。それで、高見は私を追って、やまびこ212号に乗り込み、私を眠らせて、まんまと手帳を奪ったのです」

「それが、十月六日だな」

「高見はその手帳を持って、十月六日に、彼に依頼した人間と会ったのだと思います。井の頭公園近くで会ったのかも知れません。多分、この時、高見は、約束された金額以上のものを要求したんだと思います」

「何故、そんなことをしたのかね？」

「推測しますと、刑事の私が、介在したからだと思います。それなら、手帳には、もっと値打ちがあるんだと考えて、金額を吊《つ》り上げたのではないでしょうか。そのことで、紛糾して、依頼主は、高見を背後から刺して殺したんでしょう。その瞬間、高見は手帳の一ページを破り、それを丸めて背広の内ポケットに放り込んだと思うのです。必死でです。犯人は、死体の処理に困って、あの駐車場のなかにあった車のトランクに放り込んで、逃げたんだと思います」

「そのページというのは、そこにあるものなんだな？」

と、三上は、黒板に貼られたものを指さした。

「これは、その部分を、大きく拡大したもので、八月十一日から、八月十七日までの七日間に渡っています。これを見ますと、仙台の有名食品会社の社長らしく、多くの人間に会ったり、連絡を取り合ったりしています。全て実名で書かれていますが、その中で、八月十六日の欄にあるA・Kだけは、イニシャルになっています」

「君は、そのA・Kという人物が、怪しいと思っているのかね？」

「何しろ一人だけ、イニシャルで書かれていますから」

と、十津川は、いった。

「しかし、今のところ、このA・Kという人物については、何もわからんのだろう？」

「その通りで、男か女かもわかりません」

「未亡人の田中啓子には、聞いてみたのか？」

「手帳が盗まれたことはいわず、彼女に、手帳にあるA・Kは、誰なんですかと聞いてみました」

「返事は？」

「全く、見当がつかないといっていました」

と、十津川は、いった。

「高見のことで、何かわかったことはないのかね？」

と、三上が、きいた。

「高見のことは引き続いて、西本と日下の二人が調べていますので、二人に答えさせます」

と、十津川がいい、西本が、三上に答えた。

「今日の午前中、高見明について、同業者や彼の恋人に会って来ました。そこでわかったことを、報告します。高見の銀行預金は残高が、五万二千円しかありません。それなのに、高見の恋人の江口《えぐち》ゆき、この女は、吉祥寺《きちじょうじ》駅近くで、小さな喫茶店をやっているんですが、十月五日の朝、高見が、突然、店にやって来て、いきなり、五百万円の札束を出して、これが旅行から帰ってくるまで、預かっておいてくれと、いったそうです。つまり、高見は問題の手帳を奪うことを、五百万円で、引き受けたのではないかと、考えられます」

「五百万か」

「その金額から見て、手帳には犯人にとって、致命的なことが、書いてあったと思われます」

「十津川君は、手帳に眼を通したんだろう？」

と、三上が、いった。

「しかし、詳しく見たわけではありません。A・Kという人物については、この人間だけがイニシャルなので、印象に残っていますが、他の人間については、はっきりとは覚えていないのです。宮城県知事や、市会議長などの名前があったのは覚えていますが、何人も出ているので、一人一人について、はっきりとは、覚えておりません」

と、十津川は、いった。

三上は再び、西本と日下を見て、

「高見の恋人の江口ゆきだが、高見が誰から五百万円を貰《もら》ったのか、聞いていないのかね？」

と、きいた。

「聞いてみましたが、彼女は、高見から聞いていないといっています。また旅行に行くのは知っていたが、行先は聞いていなかったそうです」

「しかし、高見が五百万円を、わざわざ預ける仲だったんだろう？」

「そうです。高見は、おれは汚い仕事をやっているんだといって、仕事について聞かれるのを嫌がるので、何も聞かなかったというのです」

「十月六日の深夜のことで、彼女は、何か知らないのかね？　高見が殺された前後のことだ」

「それも聞いてみました。江口ゆきの話では、十月六日の午後十一時四十分頃、彼女に高見から電話があって、今、旅行から帰った。明日、店に行くといったそうです。それで、彼女は、明日、預けた五百万円を取りに来るのだなと、思ったといっています」

「その時刻に、何か意味があるのかね？」

と、三上は、きいた。

十津川が、答える。

「私の乗ったやまびこ212号が、東京に着いたのが、六日の二三時二四分、午後十一時二十四分です。おそらく高見は、同じ列車に乗って来て、東京駅で降りたのです。その直後に、高見は彼女に電話したと思われます。電話をすませたあと、高見は犯人に会ったに違いありません」

「彼女の存在が、殺人に何か関係があると思うかね？」

「高見は五百万円貰って、手帳を手に入れることを引き受けましたが、犯人に渡す段になって、値を吊り上げたと見ています。その理由の一つは、さっきもいいましたが、私みたいな刑事が絡んできたので、もっと高い値をつけてもいいと考えたことがあると思います。その他に、江口ゆきの存在もあったと思います。西本刑事と日下刑事の二人が調べたところ、高見は彼女に惚《ほ》れていたようですから、彼女を喜ばすためにも、もっと金が欲しいと思ったことも、十分に考えられます」

と、十津川は、いった。

「ところで、記者会見だがね」

と、三上は、いった。

「今回の殺人事件について、記者会見で、何処まで喋《しゃべ》ったらいいと思うかね？」

「そのことは、ずっと考えていました。私は、しばらくは、手帳のことは、伏せて頂いた方がありがたいと思います」

と、十津川は、いった。

「捜査に差し障るかね？」

「正直にいいまして、今のところ、わからないことだらけなのです。手帳に、亡くなった田中伸彦がなぜ、私の名前を書いたかもわかりませんし、未亡人の気持ちもわかりません。A・Kが何者なのかもです。この時点で、こちらの手の内をさらけ出さない方がいいのではないかと思います。警察が、何処まで知っているのか、犯人に考えさせるのが、得策だと思うのです」

と、十津川は、いった。

三上刑事部長もそれを了承し、記者会見では、高見明が殺されて、関係のない車のトランクに放り込まれていた事実だけを、発表した。

高見の上衣《うわぎ》の内ポケットに、手帳の一ページが破り取られて、丸めて入っていたことも、その手帳は十津川が持っていて奪われたことも、発表しなかった。

仙台の田中食品の社長・田中伸彦のことも、未亡人の啓子のこともである。

「高見明は私立探偵でしたので、仕事上のトラブルが原因で殺されたのか、異性関係が、絡んでいるのか、目下、捜査中です」

と、三上は、いった。

「物盗《ものと》りの犯行ということは、考えられないんですか？」

記者の一人が、きいた。

「所持品の財布の中に、十六万三千円が入っていて、盗まれていないので、その線は考えられません」

「ということは、怨恨《えんこん》の線ですね？」

「今は、そう考えています」

三上は、嘘をついた。

この記者会見は、そのまま新聞記事になったし、テレビでも放映された。

「犯人は、どう反応するでしょうね？」

と、亀井が十津川に、きいた。

「真相が知られていないと思って、安心するかも知れないな」

と、十津川は、いった。

「高見を殺した犯人は、当然、問題の手帳を手に入れた筈《はず》ですね」

三田村《みたむら》刑事が、いう。

「それで？」

と、十津川が、いった。

「と、すると、犯人は今頃、手帳の一ページが破られていることに、気付いたと思うのです」

「気付いただろうね」

「犯人はそれを、どう思っているでしょうか？」

と、三田村が、きく。

「どうというのは？」

「きっと誰が破いたかと、考えると思うのです。それになぜ、破ったかともです」

「いろいろと考えるだろうね。高見が、殺される前に、私から奪ってきたと話していれば、犯人は、刑事の私が破ったのではないかと考えるだろう。或《ある》いは、高見が自分に、手帳を高く売りつけるためにわざと、その一ページを破って、隠したのではないかと、考えるだろうね」

と、十津川は、いった。

「それは全て、破られたあのページを、犯人が必要としているかどうかにかかってくると思います」

と、いったのは、北条早苗《ほうじようさなえ》刑事だった。

「もしあのページが必要ないものだったら、犯人は何も悩まず、あれこれ考えたりもしないと思うのですが」

「確かに、北条刑事のいう通りだが――」

と、十津川は、肯《うなず》いた。が、すぐ、険しい表情になって、

「もし犯人が、あのページを必要としていて、高見が、手帳の値を吊《つ》り上げるために、一ページ分破り取って、隠したに違いないと考えているとしたら、どうなる？」

と、刑事たちの顔を見回した。

西本の表情が、変わった。

「高見の彼女が、危くなります！」

西本は、叫ぶようにいい、日下と一緒に立ち上がった。

「江口ゆきの店を、見て来ます！」

と、二人は、いい、捜査本部を飛び出して行った。

吉祥寺駅に向かって、パトカーを飛ばす。

周囲はすでに暗くなり始めていて、それが、二人の刑事を不安にしていく。

江口ゆきの店、「チックタック」は、駅前の商店街にある。

入口でパトカーを降りると、商店街を奥に向かって走って行った。

ふいに、前方で、爆発音がした。

二人はぎょっとして一瞬、足を止め、次に、前より速く走り出した。

商店街の一角に、白煙が立ち込めている。赤い炎も見える。

江口ゆきの店あたりだった。いや、彼女の店だった。

突然噴き出した炎と煙で、その一角は、大混乱になっていた。

「チックタック」の両隣りの店にも、火の粉が飛んでいた。

人々が逃げ走る。

二人の刑事は、煙の奥に向かって、

「江口さん！」

「江口さん！」

と、叫び、呼びかけた。

その声に応じるように、煙の中から黒い人影が、よろめき出て来た。

そのままばったりと、倒れてしまった。

西本と日下が、あわてて走り寄った。倒れたのは女で、着ている服が、くすぶっている。

それが燃えあがろうとするのを、二人は両手で叩《たた》き消してから、抱きかかえて運び出した。

サイレンを鳴らして消防車と、救急車が、駆けつけて来た。

放水が始まる。

二人の刑事は、救急車の隊員に声をかけ、江口ゆきを、病院に運んでくれるように頼んだ。

ゆきは、激しく咳込《せきこ》んでいるが、そのまま救急車に、乗せられていった。

消防車の数が、二台、三台と増えていく。

しかし、密集した商店街なので、火勢は、なかなか衰えない。

火元の喫茶店「チックタック」は、西本たちの眼の前で、たちまち燃え落ちていく。

炎のほてりのなかで、西本は、携帯電話で、十津川に報告した。

「突然、爆発音がして、江口ゆきの店が火に包まれましたから、放火だと思われます。彼女は今、救急車で運ばれていきましたので、助かると思いますが」

「放火は、間違いないか？」

「ほぼ、間違いないと思います。火は、両隣りに燃え広がっていて、消防車が六台来て、消火に当たっていますが、まだ鎮火しておりません。鎮火次第、出火の原因を調べて戻ります」

と、西本は、いった。

すでに、周囲は激しい放水で、水びたしになっていた。

パトカーも、二台、三台と集まって、野次馬の規制に当たっている。

一時間近くして、ようやく下火になった。炎が消え、白煙だけになってくる。

消防車が、一台、二台と、帰っていく。

消防署員が、まだ、くすぶっている焼け跡に、踏み込んで、火元の特定と、出火の原因を調べ始めた。

西本と日下は、警察手帳を見せて、その調査に加わらせて貰《もら》った。

「われわれは、ここの喫茶店『チックタック』のオーナーに用があって来たんですが、近づいた時、突然爆発音がして、この店が、火に包まれたんです」

と、日下が、消防署員に説明した。

「そのオーナーが、何かの事件の関係者ということですか？」

と、相手が、きく。

「殺人事件の参考人です」

「と、いうことは、彼女を狙って、誰かが店に放火したということですか？」

「その可能性はあります」

と、日下は、いった。
五、六分して、消防署員の一人が、焼けた目覚時計の部品を発見した。
それに、焼けた灯油の缶もである。

放火の可能性が、更に強くなってきた。

第二章　東北の秋

1

江口ゆきは一命を取り留めたが、ショックで一時的な記憶喪失になったと、十津川は医者に知らされた。

火事のショックに、高見の死が重なっているからだろう。

喫茶店「チックタック」は、完全に焼失してしまって、高見が江口ゆきに問題の手帳を預けていたのか、コピーを渡していたのかも、わからなくなった。

犯人が手帳を灰にする目的で、放火したのなら、その目的は達成したということになるのか。

江口ゆきは、逃げおくれていれば、死亡したに違いないということで、放火と殺人未遂事件で、高見との関連もあり、十津川班が、捜査することになった。

火事の翌日に開かれた捜査会議では、当然、同一犯人説が、主張された。

「犯人は問題の手帳を奪おうとして、高見を殺しましたが、持っていなかった。高見は何のためか、一ページだけを破いて、ポケットに入れていました。犯人はそこで、高見の恋人の江口ゆきが、預かっているのではないかと考え、店もろとも、焼き払ってしまおうとしたのだと思います」

十津川は、三上刑事部長に、説明した。

「高見は、東北新幹線のなかで君を眠らせ、手帳を奪った人間と、君は思っているんだったな?」

「そうです。何者かに大金を積まれて、引き受けたんだと思います」

「それを頼んだ人間だが、その人間が高見を殺し、放火したということは考えられないのかね? 例えば、高見がいざ手帳を引き渡すときになって、更に法外な金を要求してきた。そこで、依頼主はかっとして、高見を殺したが、手帳は持っていなかった。そこで、高見の恋人が持っていると思って、店ごと焼いてしまったという考えだがね」

「大いにあると思っています」

と、十津川は、肯《うなず》いた。

「他に、考えを持つ者はいないか?」

三上は、刑事たちを見回した。

「後者の事件で、犯人が、手帳もろとも、焼き払ってしまったということに、ちょっと、引っかかります」

と、亀井が、いった。

「どういうことだ?」

三上が、きく。

「高見に、問題の手帳を奪ってくるように頼んだ人間は、常識的に考えると、手帳が欲しかったことになります。手帳に何が書かれているか知りたかったということになります。それなのになぜ、喫茶店ごと手帳まで、焼いてしまいたかったんでしょうか？　そこがちょっと、引っかかるのです」

「そこは、こう考えたらいいんじゃないのかね」

と、三上が解説口調で、いった。

「犯人は手帳に何が書かれているか知っていた。と、いうより、手帳の中に書かれている人間だった。A・Kかも知れない。その人間は、手帳が世に出るのが怖かったのだよ。高見に金をやって奪わせたあと、焼却してしまうつもりでいたとすれば、今回、喫茶店ごと焼き払ってしまうのも、おかしくはないんじゃないのかね」

「そう考えれば、納得は、出来ますが」

「よし。同一犯人説で、捜査を進めることにする」

と、三上はもう一度、刑事たちを見回した。

「犯人は、高見に、手帳を奪えと依頼した人物だ。従って、高見の周辺を徹底的に調べていけば、必ず、犯人は、浮かび上がってくる筈《はず》だ。それと、喫茶店『チックタック』周辺の聞き込みだ。火災の前後に、怪しい人間を見なかったかどうかを、調べることだ」

三上は、きわめてオーソドックスな指示を与えた。

十津川も、その指示に従った。地道な捜査の必要も感じていたからである。

2

刑事たちは、いくつかの情報を持ち帰った。

それを、一つずつ、丁寧に調べていく。

高見に依頼した人物の特定についていえば、有沢勝之《ありさわかつゆき》という、四十歳のタレントの名前が浮かんで、捜査本部は色めき立った。

有沢勝之が、Ａ・Ｋに、通じたからである。

有沢は売れっ子というのではなかったが、独身中年で、女性に人気があった。

それに、有沢は、宮城県気仙沼《けせんぬま》の生れだった。とすれば、亡くなった田中伸彦と何らかのつながりがあるのではないか。

さっそく、西本と日下の二人が、有沢に会いに、渋谷《しぶや》区内のマンションに、出かけた。

有沢は、私立探偵の高見に、調査を依頼したことは、あるといった。

「しかし、二年も前のことですし、田中伸彦という人は、全く知りません」

二年前の調査依頼というのは、友人に、二百万貸したが、逃げられてしまったので、何とか見つけて欲しいと頼んだのだが、結局、見つからなかったという。

また、高見が殺された時刻のアリバイもあって、容疑の圏外になった。

火災現場周辺で、怪しい車を見たという情報も、二件あった。

一台は軽自動車で、もう一台は、RV車だった。

どちらも火事が起きる寸前まで、近くに停っていたというのである。

軽自動車の方は、ナンバーを目撃した人間がいたので、すぐ所有者が判明した。

太田宏行《おおたひろゆき》という三十歳の男で、七、八メートルほど離れたパチンコ店へ遊びに来たのだが、パチンコ店の駐車場が一杯だったので、喫茶店の近くに駐《と》めて、パチンコをやっていたのだという。

高見とも、無関係の男と判明した。

RV車の方はナンバーがわからず、シルバーメタリックのパジェロということだけで、刑事たちは追っていった。

丸二日かかって、この車の持主が、わかった。

三浦匡《みうらまさし》という二十歳の大学生で、その夜、喫茶店「チックタック」から十メートルほど離れたマンションに住む、ガールフレンドのところに、遊びに来ていた。

マンションには駐車場がないので、すぐ帰るつもりで、喫茶店の近くに駐めておいたのだが、つい、暗くなるまで、彼女の部屋にいた。

その後、彼女から、警察が車を調べていると聞いて、あわてて出頭してきたのだといった。

念のために、高見や田中伸彦との関係を調べてみたが、何の関係もないことがわかった。

情報が少なくなり、捜査は、壁にぶつかってしまった。

「残った手がかりは、これだけか」

十津川は、手帳の一ページを机の上に置いて、亀井に、いった。

「警部は最初、高見が殺される寸前、手帳の一ページを破き、丸めてポケットにかくしたといわれましたが、その考えは変わりませんか？」

と、亀井が、きいた。

「正直にいって、自信がなくなったよ。私の考えた通りなら、高見を殺した犯人は、手帳自体は手に入れたことになる。そのあと、手帳の一ページが破られていることに気付き、その一ページを、江口ゆきが持っていると思って、店ごと焼き払ったことになる」

「そうです」

「大げさ過ぎないかね？」

「しかし、その一ページに、犯人にとって都合の悪いことが、書き込んであったのかも知れませんよ」

と、亀井は、いった。

「つまり、このページにかね」

十津川は、机の上の小さな紙片に、眼をやった。

「そうです。このページにです」

「しかしねえ」

と、十津川は、首をかしげた。

「高見は、犯人に刺される寸前、手帳の一ページを破って、丸めてポケットに放り込んだ。とっさに、破り取ったページに、犯人にとって都合の悪いことが書いてあったというのは、偶然すぎやしないかね？」

「かも知れませんが、全くあり得ないとはいえません」

「それは、そうなんだが」

「では、警部は、今、どう考えておられるんですか？」

と、亀井が、きく。

「高見は、犯人に頼まれて、手帳を手に入れた。だが犯人に渡す段になって、もっと、高く売りつけようと考えた。そこで、手帳は、何処かに隠し、証拠として、一ページだけ破って、丸めて、ポケットに入れて、犯人に会いに行った。ところが、犯人は、最初から、高見の口を封じる気だったから、いきなり、背中から刺して、殺した。ところが、手帳を持っていないと知って、がくぜんとしたんじゃないか」

「それで、高見の女が持っているに違いないと思って、店ごと焼き払ったわけですか？」

と、亀井が、いった。

「そうなんだが、私はひょっとして、江口ゆきも、手帳は持っていなかったのではないかと思うんだよ」

「しかし、高見は、彼女に五百万もの大金を預けているんです。手帳を預けるとしたら、彼女しかいないんじゃありませんか？」

と、亀井は、いった。

「通帳と印鑑を同じ場所に置くかな？」

「どういうことです？」

「高見という男は、刑事の私に、睡眠剤を飲ませたり、いざ、手帳を渡す段になって、値を吊《つ》り上げたり、したたかな男だ。そんな男が、誰もが考えつくような女のところに、大事な手帳を預けるだろうか。それに、彼女自身、高見には、東京に着いたと電話してきたあと、会っていないといっているんだ。もちろん、彼女が嘘をついているかも知れないがね」

「では、今、何処に、手帳はあるんでしょうか？」

と、亀井が、きいた。

「高見は私から、手帳を奪ったその日に、犯人と会っている。多分、井の頭公園の近くでだよ。とすると、東京駅から井の頭公園までの間で、何処かに寄って、手帳を預けたんじゃないか。その一ページを破ってね」

「その間に、高見の知り合いが住んでいるか、調べてみようじゃありませんか」

と、亀井は、いった。

十津川の乗った「やまびこ212号」の東京駅着は、二三時二四分である。

高見もこの列車に乗っていたわけだから、当然、二三時二四分に、東京駅のホームに降りたことになる。

まだ、電車はある時間だ。

井の頭公園へ行くとしたら、中央線に乗りかえて、吉祥寺まで行けばいい。タクシーを使ったとしても、コースは同じようなものだろう。新宿へ出て、西に向かえばいいのだ。

その途中で、友人知人の家を訪ねて、手帳を預けたのではないか。

十津川たちはこのコース上に、高見の知り合いがいないか、調べていった。

高見自身の住所は、三鷹市井の頭になっているが、彼の部屋に手帳がなかったことは、
すでに、調べてわかっている。

三人の人間の名前が、浮かんできた。

梅田《うめだ》正和《まさかず》
関口《せきぐち》孝次《たかつぐ》
藤本《ふじもと》進《すすむ》

梅田は高見と同業の私立探偵で、一時、大きな探偵事務所で、一緒に働いていたことが
あった。
梅田は、中央線の千駄ケ谷《せんだがや》駅に近いマンションに住んでいる。

関口は、高見と大学の同窓で、現在、中央線中野駅近くのマンションに、住んでいた。

三人目の藤本は、池袋《いけぶくろ》のサン建設という建設会社で、営業課長をやっている。このサン建設で、一時、高見が、働いていたことがあって、その頃の、二人はいわば、呑《の》み友だちだった。

三人とも、高見とはそれほど、深いつき合いではなかったが、十津川たちの考えたルート上で、浮かんできたのは、この男たちだけだった。

刑事たちは手分けして、この三人に、当たることになった。

梅田は、子供はないが、結婚しており、他の二人には、子供もあった。

高見と同じ四十代だから、それが普通で、高見の独身というのが、特別なのかも知れない。

私立探偵の梅田は、こう話した。

「最近、全くつき合いがなかったですね。探偵の仕事をしてなかったんじゃありませんか。何か妙なことに、手を出しているんじゃないかと、心配してたんですがね」

「何か妙なことというのは、どういうことですか？」

と、西本は、きいてみた。

「まあ、しきりに、金が欲しいといってたんです。私立探偵をやっていて、大金をつかむことというと、一番手っ取り早いのは、ゆすりですからね。調査の途中でつかんだ相手の秘密をタネに、ゆするんです。そうなると、もう、探偵の仕事じゃありませんからね」

いと、いった。

と、梅田は、いった。

高見が殺されたと知ったときは、やっぱりと思ったという。

しかし、高見が、仙台へ行っていたことも、田中伸彦という名前の男のことも、知らないと、いった。

もちろん、十月六日の夜、高見が訪ねて来たことはないと、否定した。

関口は現在、旅行会社の企画の仕事をやっていて、十月五日、六日、七日の三日間、九州へ出張していたので、高見には会っていないと、いった。

この出張は確認された。三十九歳の妻と、十二歳の娘がいるが、彼女たちも、六日の夜に、高見が訪ねて来たことはないと、いった。

関口は、高見のことは、あまり良くいわなかった。

「大学では旅行の趣味が同じなんで、五、六人の仲間と、貧乏旅行を楽しんだりして、気が合ってたんですがね。社会に出てからは、同じ仕事が長続きしなくて、いくつかの会社を転々としてましたよ。そんな時、ボクによく、金を借りに来ましたね。まだ、二、三十万、返して貰《もら》ってないんじゃないかな。だから、何かを頼みに、ボクの所へ来るというのは、ちょっと考えられませんね」

と、関口は、いった。

藤本も似たようなことを、口にした。

「同じサン建設に、二年くらいいましたかね。十年近く前ですよ。彼は地道なサラリーマン生活に、向いていないと、その頃から感じてましたね。私立探偵になってから会ったら、この仕事はインテリヤクザだと、笑ってました。そんな感じの男ですよ」

と、藤本は、いった。

「インテリヤクザですか」

藤本に会った三田村刑事は、苦笑した。

刑事たちの推理通り、手に入れた手帳を、犯人に高く売りつけようとして殺されたとすれば、確かにインテリヤクザという言葉が、ぴったりしてくる。

「最近、高見さんに、会いましたか？」

と、同行した北条早苗刑事が、きいた。

「ここ半年くらい、全く会っていませんね。その前は、電話をよくかけてきて、どんな調査もやるから、うちの会社の人間に宣伝してくれないかと、いってたんです。その電話もぴたりとなくなったんで、仕事がうまくいってるのかなと、思っていたんですがねえ」

藤本は、そのあと、十月六日の夜は家にいたが、高見には、会っていないと、いった。

関口は、十月六日の夜は、自宅にいなかったから、高見が、手帳を預けたということは、まず、考えられない。

あとの二人、梅田と藤本は、十月六日に、高見は来ていないし、手帳を預かったこともないと、証言した。

もちろん、二人が、嘘をついていることは、十分に考えられた。

　ただ、梅田に会った西本と日下の二人と、藤本に会った三田村と、北条早苗の二人の刑事は、ともに可能性は少ないと思うと、十津川に報告した。

「高見と梅田の二人に、共通の仲間である私立探偵の何人かに聞いたんですが、高見は最近、仲間たちと、全くつき合わなくなっていたそうです。仲間内の話の時、梅田も、高見が仕事がなくて困っているんじゃないかと思って、調査依頼の話を回してやったら、ケンもホロロに断わられたと怒っていたそうです。そんな関係の梅田に、高見が、大事な手帳を預けるとは思えません」

　と、西本は、いった。

「藤本も、同じ感じです」

　と、三田村が、十津川に、いった。

「サン建設の同僚も、高見のことは、良くいっていません。そのうちの一人は、藤本にいわれて、高見にある調査を依頼したが、いいかげんな調査で金を取られたと怒っていました。藤本も当然、腹を立てていますから、高見が彼に、手帳を預けたということは、考えにくいと思います」

3

　江口ゆきの火傷《やけど》の方は、日に日に、その痕《あと》は、消えていった。

しかし、心の傷の方は、なかなか癒《いや》されないのか、記憶は戻ってこなかった。

「幼い頃の記憶は、少しずつ戻ってきているんですが、肝心の火事の前後のことが、全くの空白になっているみたいです」

と、医者は、十津川に、いった。

十津川も、同じような話を聞いたことがあった。

特に犯罪事件の被害者に多いのだ。強盗に襲われ、頭を殴られて気絶した女性が、他のことは覚えているのに、殴られた前後のことは、全く覚えていないといったケースである。

捜査は、壁にぶつかった。

高見殺しと、放火の容疑者が、浮かんでこない。

江口ゆきの記憶が戻ることに期待しているのだが、記憶が戻ったとしても、捜査を大きく進展させるようなことを、思い出してくれるかどうか、わからなかった。

不思議なもので、捜査本部のなかの意見も、統一がなくなってくる。

例えば、問題の手帳のことである。十津川は、何処かにある筈《はず》だと思っているのだが、いや、喫茶店「チックタック」の火事で焼けてしまったという意見も強くなった。

そんな重苦しい空気のなか、十津川は一通の手紙を受け取った。

田中啓子からだった。

〈いかが、お過ごしでいらっしゃいますか？

主人の手帳のことで、東京でいろいろと事件が起きていると聞き、心配しております。一刻も早く、解決しますよう、お祈りしています。

私どもの方は、ようやく落ち着きを取り戻し、商売の方も、軌道に乗って参りました。全て、皆様のおかげと感謝しております。

仙台は秋が深くなり、周囲の山も、紅葉に染って参りました。お仕事が、おひまになりましてから、東北の秋を楽しみに、おいで下さいませ。

かしこ〉

きれいな毛筆の字だった。

「こんな時に、呑気《のんき》なもんですな」

と、亀井は文句をいったが、十津川は、黙って、手紙の文字を見ていた。

「どうされたんですか？」

と、亀井が、きく。

「今回の事件と、仙台の関係を考えていたんだ」

と、十津川は、いった。

「そりゃあ警部が仙台で、手帳を受け取ったことから始まっているんですから、仙台との関係は大ありですよ」

亀井が、いった。

「いや。今もだ。今も仙台が、強く影を落としているんじゃないかと思っているんだ」

「どんな風にですか？」

「それが、わからない」

と、十津川は、いい、もう一度、手紙に眼を落とした。

「そこに、何か書いてありますか？」

と、亀井が、きいた。

「いや。ありふれたあいさつの文面だよ」

と、十津川は、いってから、

「そうなんだが、逆にそれが、気になるんだ」

「どういうことですか？」

「今回の事件の始まりを考えた。仙台で食品会社の社長が病死した。奥さんが、病室で夫の手帳を発見した。最後のページに、私の名前があって、葬儀に呼ぶように書いてあったので、奥さんは私に電話した。誰でも、そうするだろうね。亡くなった夫の遺志だと思うからね」

「そうですね」

「そして、今度はこの手紙だ。葬儀に参列した私への礼状で、普通の文面だ。最後に、東北の秋を楽しみにおいで下さいというのも、誰でもそんな風に書くだろう」

「私も、書きますよ」

「どちらも、ちょっと考えると、どこもおかしいところはないんだ」

「ええ」

「だが、よく考えると、奇妙に思えてくるんだよ」

「どこがですか？」

亀井が、首をかしげて、きいた。

「私は仙台へ行って、奥さんに、亡くなったご主人には、本当に会ったことも、電話で話したこともないと、正直にいった。赤の他人だといったんだ。そんな男に、夫の大切な遺品を、何のためらいもなく、渡して寄越すものだろうか？　あの時、同時に、唐三彩の馬の陶器を貰ったが、こちらは形見分けということで、別に不思議はないんだがね」

「――」

「次に、この手紙だ。何の変哲もない文面に見えるがね。よく考えて見たまえ。自分が私に渡した手帳が原因で、東京で殺人事件が、起きているんだ。放火もだ。心配して、どういうことなんでしょうかと、手紙のなかで、きくのが、自然じゃないかね。心配しておりますとは書いてあるが、心配しているという気持ちが伝わってこないんだよ。その上、そのあとに、呑気に、東北の秋を楽しみにおいで下さいと結んでいる。つまり、普通であることが、おかしいんだよ」

と、十津川は、いった。

「田中伸彦の奥さんが、怪しいといわれるんですか？」

「いや、そこまではいっていないがね――」

十津川は、言葉を濁した。

何かおかしいとは感じるのだが、それははっきりしたものではなかったからである。

第一、十津川は田中啓子が、東京で高見を殺したなんてことは、全く考えていなかった。

彼は、十月六日午後二時からの葬儀に参列した。

その日、啓子に泊っていくようにすすめられたが断わって、その日のうちに、「やまびこ」で、帰京した。そしてその日の夜おそく、高見は東京で殺されたのだ。

啓子が、十津川を追うように上京して、東京で高見を殺したとは、考えられない。

彼女は、葬儀の喪主なのだ。葬儀の当日に喪主が姿を消したら、非難ごうごうだろうからである。

（だが、おかしいことは、おかしいのだ）

「カメさん、一緒に仙台へ行ってみないか」

と、十津川は、亀井を、誘った。

「喜んで同行させて頂きますが、なぜ、今、仙台へと、思われたんですか？」

「東京で事件は起きているが、その原因は、仙台にあるような気がしてならないんだよ。仙台へ行って、何かわかるか自信はないが、田中啓子の手紙に誘われて、東北の秋を、楽しんでみようかと思ってね」

と、十津川は、いった。

翌日、十津川と亀井は、東北新幹線で仙台へ向かった。

二人が乗ったのは、午前九時三六分東京発の「MAXやまびこ117号」である。オール二階建のこの列車は、一一時五三分に仙台に着く。

二人は、二階の座席に腰を下した。

「二時間二十分足らずで、仙台ですか」

亀井が、いった。

「ああ。近いよ」

「日帰りで、殺人が出来ますね」

亀井は、そんないい方をした。

「だが、遠いといえば、遠くもある」

と、十津川は、いった。

「十月六日の田中伸彦の葬儀だがね。当然だが、誰一人知っている人間はいなかったよ。聞こえてくるのは全て、東北訛《なま》りの言葉でね。人間、孤独を感じると、ずいぶん遠くへ来たなと感じるものだとわかった」

「本当に警部は、田中伸彦という人に、面識がなかったんですか？」

亀井が、きく。

「信じられないか？」

「いいえ。警部は、知らない人かも知れませんが、向こうは警部を知っていたわけでしょう？　だから、手帳の最後のページに、警部の名前を書いたんですよ」

「そうなんだ。それも、ただ私の名前を書いたんじゃない。よく覚えているが、こうあった。奥さんの啓子さん宛ての形になっていて、『葬儀には、一つだけ頼んでおきたいことがある。それは、警視庁捜査一課の十津川省三を、呼んで貰《もら》いたいということだ。これはぜひ、守って貰いたい』とね」

「それで奥さんは、警部に電話をかけて来たんですね」

「ああ。そうだ。奥さんにしてみれば、当然私のことを、夫の友人だと思うだろうからね」

「病死した田中伸彦は何かで、警部の名前を知って、手帳に書きつけたんでしょう。なぜ、そんなことをしたんですかね？」

亀井が、いった。

「そのことは、何回も考えたよ。最初に考えたのは、こういうことだ。田中伸彦は元気だったのに、突然、身体を悪くして入院し、間もなく亡くなってしまった。それで、彼は誰かに、薬をもられたのではないかと、疑ったんじゃないかな。だが、病院の医者は、何もいってくれない。そこで、自分が死んだあと、誰かに調べて貰いたいと思い、私の名前を書きつけたんじゃないかということだ。まあ、誰もが考えることだがね」

「田中伸彦の死因に、不審な点があるんですか？」

と、亀井が、きいた。

「医者は病死と断定しているし、向こうの警察も、別に捜査をしていない。奥さんをはじめ、親族も何もいっていないのに、他人の私が不審だといえないだろう」

「それは、わかります」

「ただ、五月十日に入院して、十月四日に死亡しているから、確かに急な亡くなり方ということはいえるんだ。しかし、あり得ないことじゃないしね」

定刻の一一時五三分に、仙台に着いた。

驚いたことに、ホームに田中啓子が、迎えに来ていた。

「どうしたんですか？」

と、十津川が、きくと、

「十津川さんに用があって、お電話したら、本多さんという課長さんが、九時三六分発の『やまびこ』で、仙台へ行ったと教えて下さったんで、お節介かも知れませんが、お迎えに」

と、啓子は、いった。

二人は啓子について、改札口を出た。彼女は、そこに車を待たせていた。

「秋保《あきう》温泉に、お宿を用意しておいたんですが、いけませんでしたでしょうか？」

と、いう。

「参りましたね」

「主人が、よく利用していた旅館ですの」

と、啓子は、いう。

その言葉に、十津川は、気持ちが動いた。

「行きましょう。ただ、料金の方は私たちが、払います。仕事で来ているんですから」

と、十津川は、いった。

「秋保の古川《ふるかわ》旅館へ行って下さい」

と、啓子は、運転手に、いった。

十津川たちを乗せたロールスロイスが、ゆっくり動き出した。

「豪華な車ですね」

と、亀井が、いうと、

「亡くなった主人が、車マニアでしたから」

という返事が、戻ってきた。

車は地下トンネルを抜けて、市の郊外に出て行く。

人家が少なくなり、林や畠《はたけ》が、広がっていく。

すでに、紅葉も始まっていた。

「ここ、二、三日、急に朝晩、寒くなりましたから」

と、啓子は、いった。

秋保温泉の古川旅館に着いた。

秋保は、仙台の奥座敷と呼ばれていて、よく接待に使われると、十津川は聞いたことがあった。

亡くなった田中伸彦も、接待に使っていたのかも知れない。

啓子は、「これから仕事がありますので、申しわけありませんが」と、いった。

「夕方にでも、仙台市内のお宅に、お邪魔したいと思いますが、構いませんか？」

と、十津川が、きいた。

「どうぞ」

「では、七時頃、伺います」

と、十津川は、いった。

啓子が帰ったあと、二人は旅館のなかの中華料理の店で、昼食をとることにした。

そのあと部屋に、案内して貰った。

和風の落ち着いた旅館であり、部屋である。

案内してくれた仲居に十津川は、田中伸彦のことをきいてみた。

「昔から、ごひいきにして頂いています」

と、仲居は、いった。

「田中さんって、どんな人でした？」

十津川は、窓際の椅子に腰を下し、煙草に火をつけてから、きいた。

仲居は、茶菓子を、テーブルに並べながら、

「立派な方ですよ」

「どう立派なのか、知りたいんだ」

と、亀井が、いった。

広い庭に、小鳥が、来ていた。

「大きな会社の社長さんなのに、偉ぶらないし、優しい方ですよ」

と、仲居は、いう。相変わらず抽象的で、よくわからない。

「田中さんは、接待でよくこの旅館を使ったんだと思うが」

「ええ」

「どんな人を、ここで接待したんだろう？」

と、十津川は、きいた。

「そうですねえ、政治家の方もいらっしゃいましたし、お得意さまを接待なさったこともありましたし——」

「東京の人も、ここへ招待することがあったんじゃないのかな？」

と、十津川は、きいた。

「詳しいことは、私は知りませんけど、田中食品は、東京のデパートなんかと取引きがあるということは、聞いています。ですから、そんなデパートの方をここへ、招待なさったことはあると、思いますよ」

と、仲居は、いった。

あの手帳のなかにあった名前のなかに、そんな東京の取引先の責任者のものがあったのかも知れない。

仲居が帰ったあと、五十五、六歳の女将《おかみ》が、あいさつに姿を見せた。

十津川は正直に、自分たちが刑事であることを、女将に告げた。

「実は、東京で起きた殺人事件について、調べています。ぜひ、協力して頂きたいのですよ」

と、十津川は、いった。

小太りの女将は、驚いた表情も見せず、

「私にわかることでしたら」

と、いった。

「仲居さんに聞いたんですが、亡くなった田中さんは、この旅館を、よく、接待に使っていたそうですね」

「はい。使って頂きました」

「そのなかで、特に、ひんぱんに田中さんが、連れて来た人のことを知りたいんですよ。そんなことで、印象に残っている人はいませんかね。田中さんが、特に大事にしていたお客ということですが。その人の名前を、知りたいんですがね」

十津川が、いうと、女将は、ちょっと引いた眼になって、

「お客様のプライバシーに関することは、私どもとしては、申し上げるわけには参りませんのです」

と、いった。

「ただ、名前を教えて頂ければ、いいんですが」

「それでもそのお客様は、ここに来ていることを、内密にしていらっしゃるかも知れませんから」

と、女将は、いった。

「どうしても、駄目ですか？」

亀井が、眉《まゆ》を寄せて、きいた。

「私どもは、お客様のプライバシーは絶対に、お守りするということで、皆様の信頼を得てきたんです。それを破ることは、絶対に出来ませんわ」

女将は、がんこに、いった。

(参ったな)

と、十津川は、思ったが、

「ではこういうことで、お願いできませんか。田中さんが一番よく、ここに招待していた人のイニシャルだけでも、教えてくれませんか。AとかBでもいいんです。A・Tさんとか、A・Sさんとか、A・Kさんとか、A・Rさんとか――」

十津川はじっと、女将の顔色を見ていた。A・Kで、女将の眼が動くかなと期待したのだが、これといった反応は、見せなかった。

「もう、よろしいでしょうか」

女将は話を打ち切るようにいい、部屋を出ていった。

「がんこな女だ」

亀井が、腹立たしげに、いった。

「名旅館の誇りというやつだろう」

と、十津川は、いってから、

「散歩にでも出ないか」

と、誘った。

「散歩ですか」

「紅葉がきれいだといってたじゃないか。それを楽しむのも悪くないよ」

二人は、旅館の下駄を借りて、外へ出た。

陽は当たっているのだが、吹いてくる風は、東京と違ってもう肌寒い。

近くの山も、上の方は紅葉を始めていた。

歩いているうちに、十津川の携帯が鳴った。

立ち止まって、受ける。

「西本です。江口ゆきのことですが——」

「何か、思い出したのか？」

「一つだけ、思い出したことがあるというので、聞きましたら、『アオバ』という言葉だというのです」

「アオバ？」

「そうです。前後のつながりは全くわかりませんし、誰がいったのかも思い出せないが、この言葉だけ突然、思い出したといっているのです」

と、西本は、いった。

「一つ調べて貰《もら》いたいことがある」

と、十津川は、いった。

「何でしょうか？」

「江口ゆきが最近、仙台へ行ったことがなかったか。それに、彼女が何処の生れかということだ」

「すぐ、調べます」

と、西本は、いった。

十津川と、亀井は、また歩き出した。

「アオバという言葉ですか」

亀井が、呟《つぶや》く。

「ああ。その言葉だけを思い出したといっている」

「青葉なら、仙台ですね」

「それは今われわれが、仙台に来ていることからくる連想だよ。俳句好きなら、目には青葉という句を連想するだろうし、鉄道マニアなら、東北新幹線のあおばを連想するさ」

と、十津川は、いった。

4

西本からの電話は、二人が旅館に戻ってから、もたらされた。

「江口ゆきは、横浜の生れです。また、最近仙台へ旅行したことはありません。東北全体もありません」

と、西本は、いった。

と、すると、江口ゆきは、仙台とは何のつながりもなかったと考えていいのではないか。

その彼女が、「アオバ」という言葉が、強く記憶に残っていたというのは、誰かに聞かされて、それが、強い印象に残っていたということではないのか。

だがわかるのはここまでで、それ以上のことは、わからない。

六時に早目の夕食の支度をして貰ってすませたあと、二人はタクシーを呼んで貰って、仙台市内に向かった。

田中家を訪ねる。

啓子は昼間と違って、和服で二人を迎えた。

「最近、お茶を習っています。ぜひ、一服差し上げたいのですが」

と、彼女はいい、奥の茶室へ案内された。

十津川は、正式な茶の作法というのを知らないし、苦手だった。

それでもすぐ応じたのは、ひょっとして、啓子が何か話したいことがあるのではないかと思ったからだった。それも、今回の事件に関係があることなら、多少の忍耐をしてでも聞く必要がある。

啓子は、最近習い始めたといったが、案内された茶室はよく磨かれた、よく造られた部屋だった。

と、すれば亡くなった田中伸彦も生前、この茶室でお茶を点《た》てていたことが考えられた。

お茶をふるまったあと、啓子は、

「東京で起きた事件については、私も心を痛めております。私が、十津川さんにお渡しした主人の手帳が、原因のように、伺いましたから」

と、いった。

「確かに、あの手帳が原因と考えられています」

と、十津川は、いった。

「でも、あの手帳には人を傷つけるようなことは、書いてなかったように思いますけど」

と、啓子は、いう。

「ただ一人だけ、イニシャルで書かれた人物がいました」

「A・Kさんでしょう」

「その人が誰か、ご存知ですか？」

「前にも、ご返事したと思うんですけど、私にはわかりません。でも、主人の取引先の相手だと思いますわ」

と、啓子は、いった。

「しかし、なぜ、この人だけイニシャルで、書かれていたんでしょうか？　その理由はわかりませんか？」

十津川が、きいた。

「商売のことは、主人に委《まか》せていたので、よくわかりません。A・Kさんは、何か理由があって、本名を書くのがまずいと、主人は思っていたんじゃありませんか。そういうこともあると思いますけど」

「こんなことをいうと、お叱りを受けるかも知れませんが――」

十津川がいいかけると、啓子は微笑して、

「主人が、私に隠してつき合っていた女性じゃないかと、おっしゃりたいんでしょう？」

と、きく。

十津川は、頭に手をやって、

「実は、そういうことなんですが――」

「正直にいいましょうか」

「ええ」

「私も、主人がつき合っていた女性かも知れないと、思いました。でも、私にはわかるんです。私に隠して、つき合っていた女性がいればね。でも、そんな女性はいません。それに、そんな秘密を書いた手帳なら、死ぬ前に焼き捨ててしまっているんじゃありませせん？」

と、啓子は、いった。

「そういえば、そうなんですが――」

と、十津川は、肯《うなず》いてから、

「東京で起きた事件のことで、ぜひあなたに協力して頂きたいのですが」

「どんなことでしょうか？」

「その前に、今日私に電話されたのは、何のご用だったんですか？」

と、十津川は、きいた。

「いいえ。別に用というわけではなくて、ここに来て、紅葉が深くなったので、ご招待しようかなと、思いましてね。私どものことで、ご迷惑をおかけしてしまったお詫《わ》びもしたいと思いましてね」

と、啓子は、いう。

「そういうことでしたら、何のご心配もいりませんよ」

と、十津川は、いってから、

「ご主人は、秋保のあの旅館をよく、利用されていたわけでしょう？」

「ええ」

「その中で、東京から招待した人もいたと思うんですが」

「ええ。東京のデパートにも、商品をおろしていましたから」

と、啓子は、旅館の仲居と同じことをいう。

「そのなかで、一番よく仙台へ来ていた人の名前はわかりませんか？　或《あ》るいは、田中さんがその人に会うために、東京へ行っていたということでもいいんですが」

と、十津川は、いった。

啓子は、考えてから、

「Sデパートの安岡《やすおか》様かも知れませんけど」

と、いった。

「Sデパートというと、新宿の？」

「ええ。ただ私がお会いしていたわけじゃありませんから」

「Sデパートで、何をやっている人ですか？」

「主人からは、営業部長さんだと聞いていますけど」

と、いった。

「他のデパートとは、取引きはなかったんですか？」

「主人は昔気質《むかしかたぎ》の人で、最初にうちの食品を扱ってくれたSデパートに、申しわけないといって、他の東京のデパートとは、取引きはしなかったんですよ」

と、啓子は、いった。

「他のところからも、話はあったんですか？」

「ええ。今、東京のデパートは、食品売場で何か特徴のあるものを扱いたいと、一生懸命ですから」

「だが、田中さんはずっと、Sデパートとしか取引きをしていなかった？」

「ええ。そうなんです」

と、啓子は、いった。

「もう一つ、お伺いしたいのは、ご主人の病気のことなんですが」

「ええ」

「死因は、何だったんですか？」

「お医者様の書いて下さった死亡診断書には、心不全とありました」

「最後には、たいてい心不全で亡くなるんですが、ご主人は五月十日に、突然体調を崩して入院し、五カ月で亡くなってしまった。これは、何が原因だったんですか？」

「ガンです」

「何のガンです？」

「肺ガンでした。その進行が早くて」

「ご主人は、それを知っていたんですか？」

「私は主人にいいませんでした。主人は気の弱いところがあって、ガンだといったら、がっくりしてはいけないと思いまして――」

と、啓子は、いった。

「ご主人が、うすうすそのことに気付いていたということは、考えられませんか？」

「そうですね。主人は敏感な人ですから、うすうす気付いていたかも知れません」

「私はあの手帳を、ざっとしか見なかったんですが、あのなかに、ガンという言葉はなかったと思うんですが」

「多分、それは、何とかガンではないと思い込もうとしていたんだと思いますわ」

と、啓子は、いった。

「最後にもう一つ。亡くなったご主人が、一番親しくしていたお友だちを、教えて頂けませんか。明日にでも、お会いしたいんですが」

十津川が、頼むと、啓子は、

「親しくして頂いていた方は、何人かいますけど、そのなかでも、池宮《いけみや》さんが一番親しかったと思いますわ」

「どういう人ですか？」

「高校、大学と一緒だった方で、現在、市議会の議員さんです」

と、いった。

「明日、私と会ってくれるように、連絡して頂けませんか？」

「電話しておきましょう」

と、啓子はいい、すぐ電話してくれた。

「池宮さんは、秋保のKというホテルに、現在、泊っているそうで、そちらへ明日の午後二時頃、来て下されば、お会いするそうです」

と、啓子は、いった。

十津川たちはお茶のお礼をいって、秋保の古川旅館に戻った。

十津川は、東京の江口ゆきが、「アオバ」といった、その続きを知りたかった。旅館に着くとすぐ、西本刑事に電話をかけてみたが、

「江口ゆきは、それ以上のことは思い出していません」

という、返事だった。

彼女が思い出した「アオバ」は、仙台を意味する青葉だろうと、十津川は考えているのだが、今の段階では、確信は持てなかった。

翌日の午後二時に、十津川と亀井は、歩いてKホテルに向かった。

温泉地の大型のホテルの一つである。温泉地の旅館・ホテルは、一方で小さく家族的な方向に進み、一方はより大型化していく。

Kホテルは、大型化したホテルの一つだった。

ロビーは、総大理石の豪華な造りである。

フロントで、池宮さんに会いたい旨を告げると、フロント係は、

「いらっしゃいますかね？」

と、妙ないい方をし、内線で問い合わせてから、

「おいでになりませんね」

「今日の午後二時に、お会いする約束になっていたんですがね」

「でも、十時過ぎに外出なさるのを、見ましたよ」

と、フロント係は、いう。

「ロビーで少し待ってみます。池宮さんが戻ったら、教えて下さい」

十津川はそういって、亀井とロビーにある喫茶室で、待つことにした。

コーヒーを注文してから、十津川はロビーを見回した。

都心の大型ホテルのロビーは、落ち着いた造りのなかに、背広姿の男たちや、外国人などが歩いているものだが、ここのロビーは、やたらに豪華な造りのなかを、ゆかた姿の家族連れが歩いている。

三時近くなっても、フロント係は呼びに来なかった。

それどころか、大型の観光バスが二台、三台と到着して、フロントはごった返している。

その騒ぎがすんだところで、十津川はフロント係に、

「池宮さんですがね」

と、声をかけた。

「ああ、池宮さんは、まだ、お帰りになっていませんね」

と、フロント係は、呑気《のんき》にいった。

十津川は、携帯で田中啓子にかけてみた。

「おかしいですねえ」

と、啓子は、いった。

「十津川様のことを、お話ししましたら、Kホテルで、今日の午後二時にお待ちしたいと、おっしゃっていたんですけどねえ。おかしいですねえ」

「もう少し、待ってみます」

と、十津川は、いうより仕方がなかった。

新しく、コーヒーを注文する。

だが、四時になっても、五時になっても、池宮は、帰って来なかった。

十津川は、フロントに自分の名前と、古川旅館に泊っていることを告げ、

「何時になっても構いませんから、池宮さんが戻ったら、私に連絡するように、いって下さい」

と、伝言を頼んだ。

古川旅館に帰って、夕食をすませ、待ったが、電話はなかった。

夜になってもである。

朝になった。朝食中にやっと、電話が入った。

「池宮さんですか？」

と、きくと、相手は、

「こちらは、宮城県警ですが、Kホテルのフロントに、池宮さんへの伝言を依頼された、

東京の十津川さんですね？」

と、確認するように、きき返した。

十津川は、嫌な予感がした。

「そうですが、池宮さんに、何かあったんですか？」

「今朝早く、死体で見つかりました」

「死んだ——？」

「十津川さんは、池宮さんとは、どういう関係ですか？」

と、相手が、きく。

その声の調子は、明らかに、詰問の感じだった。

「私は、警視庁捜査一課の者です」

十津川がいうと、相手は、

「本庁の方ですか」

「そうです」

「本庁の方が、池宮信成《のぶなり》さんに、何のご用があったんですか？」

「東京で起きた殺人事件のことで、池宮さんに話を聞きたいと思ったんです。池宮さんは、殺されたんですか？」

と、十津川は、きいた。

「殺人の可能性が強いので、われわれが捜査を開始しています」

と、相手は、いった。

「現場は何処ですか？　すぐ、行きたいと思いますが」

と、十津川は、いった。

「これからパトカーでお迎えにあがります。初めての方には、わかりにくい場所なので」

と、相手は、いった。

電話を切ると、十津川は、亀井と顔を見合わせた。

「私が動くと、殺人が起きるのかな？」

十津川が、いら立ちを見せて、いった。

「最初に警部を動かしたのは、病死した人間の残した手帳ですよ」

と、亀井が、いった。

第三章　青葉の裏切り

1

秋保温泉は、名取《なとり》川の渓谷沿いに発達した温泉街である。

仙台市の繁華街から、車で一時間足らずで行けるので、仙台の奥座敷と呼ばれている。

名取川に沿って秋保街道が伸びていて、県警の杉浦《すぎうら》警部は、パトカーに十津川たちを乗せ、その街道を、上流に向かって走らせた。

両側に、標高七、八百メートルクラスの山が続き、すでに、紅葉が始まっていた。

このまままっすぐ進めば、秋保のシンボルといわれる秋保大滝に着く。日本三大名瀑《めいばく》といわれる高さ五十五メートルの滝である。

しかし、杉浦はその途中で、車を停め、

「ここから、歩いて下さい」

と、いった。

刑事たちは、車から降りて、小道を、入って行った。

雑草が生い茂っているから、人はあまり来ないところなのだろう。

そのまま、七、八分歩くと、石の地蔵が、ポツンと樹の根元に立っている場所に着いた。

そこに問題の死体が、横たわっていた。

池宮の背広姿の死体は、俯《うつぶ》せになっていて、後頭部には、殴られたらしく、髪に血が、かたまっていた。

県警の刑事が、死体を仰《あおむ》向けに直した。

首に赤いロープが巻きついているのが、はっきり見えた。

検視官が、「死後二十時間近くたっているね」と、杉浦にいった。

「昨日の昼頃ということですか」

と、杉浦は腕時計を見て、いった。

背広のポケットから、財布や運転免許証などが、見つかった。腕時計も無事で、物盗りの犯行とは、思えなかった。

「秋保温泉からここまで、歩いても、四十分くらいですかね」

と、杉浦がいった。散歩の距離なのだ。

池宮信成の死体は、司法解剖のために、東北大学病院に、運ばれた。

そのあと、十津川と亀井は、県警の杉浦警部と一緒に、Kホテルに入った。

典型的な大型ホテルだった。十八階建、部屋数一八三室だという。

池宮は、このホテルの最上階にある特別室に泊っていた。

刑事たちはその部屋に、案内された。

洋室が二つ、和室が一つ、風呂《ふろ》も二つあって片方は露天になっていた。

ホテルの支配人が、このKホテルと、池宮信成の関係を説明した。

「ここのオーナーが、池宮先生の後援会長なんです。そんなことで、先生は時々、お泊りに見えています。その時は必ず、この部屋を提供させて頂いています」

と、支配人は、いった。

「池宮さんは、三期十二年にわたって、市会議員をつとめていて、議長になるだろうといわれていました」

と、杉浦が十津川に説明してくれた。

池宮は、一週間前から、このKホテルに泊っていたという。今、市議会は休会中だった。

「ひとりで、泊っておられたんですか？」

と、杉浦が、支配人にきいた。

「そうです。おひとりで、お泊りでした」

「毎日、何をしていたんですか？」

「電話をおかけになったり、お客が訪ねて来たり、二回、芸者を呼ばれました」

と、支配人は、いった。

「どんなお客が、訪ねて来ていました？」

「そうですね。入江《いりえ》という若い秘書の方が、連絡に見えたり、仙台市内の有名な料亭のご主人などが、遊びに来たりしていました」

「秘書というのは、確か女性じゃなかったですか？」

「そうです。三十歳くらいのきれいな方です」

と、支配人は、いった。

「池宮さんの所持品を見せて貰《もら》いたいんだが」

と、杉浦が、いった。

所持品が、並べられた。

大型のスーツケースが、二つ。

中身は、着がえのスーツや、下着。電気カミソリなどだった。

本が三冊、テーブルの上にのっていた。その本も、池宮が持参したものだという。

仙台の歴史
今後の地方自治のあり方
美術品の第20回オークションパンフレット

前の二冊はいかにも市会議員らしい読書を示すものだったが、三冊目は、ちょっと、不思議な本だった。

今年の十二月に行われるオークションの案内パンフレットで、オークションには、手紙でもインターネットでも参加できると、書かれていた。

何百万もする絵画から、古伊万里《こいまり》の茶碗《ちゃわん》、それに、唐三彩の置物ものっていた。

十津川は、田中啓子から形見分けに貰った唐三彩の馬を思い出した。

「それから、貴重品をお預かりしています」

と、支配人は、いった。

「どんなものですか？」

杉浦がきく。

「一千万円の現金です」

と、支配人がいった時、このホテルのオーナーが、入って来た。

樋口克郎《ひぐちかつろう》という六十五歳の男で、山形の天童《てんどう》温泉にも同じ名前のホテルを持っているという。

「私と池宮君とは、大学の同窓でしてね」

と、樋口は、いった。

「と、いうと、病死した田中伸彦さんとも同窓ということですね」

と、十津川が、いった。

樋口は、笑って、

「そうです。仲が良かったので、三人組といわれていました」

「今回、池宮さんが殺されたんですが、何か心当たりはありませんか？」

杉浦が、きいた。

「残念だが、全く心当たりはありませんね」

「樋口さんは、池宮さんの後援会長をやられていたようですね」

「やらせて貰っていました。ああ、田中伸彦も、後援会に入っていましたよ」

と、樋口は、いった。

「池宮さんは、一千万円の現金を、フロントに預けていたそうですね？」

と、杉浦は、いった。

「そうです」

「何に使うつもりで、そんな大金を持って来ていたんでしょう？」

「わかりませんが、彼は、古美術に興味があって、蒐集《しゅうしゅう》していましたから、ここに、なじみの古美術商を呼んで、何か買うつもりだったのかも知れませんね」

「そういえば、池宮さんが持参した本の中に、美術品のパンフレットがありましたね」

と、杉浦はいい、それを指さした。

樋口は、肯《うなず》いて、

「彼は、毎年オークションに参加していたみたいですよ」

と、いった。

「実は、私は昨日の午後二時に、ここで池宮さんとお会いする約束になっていたんです」

「アポはとられていたんですか？」

「ええ。とっていました」

「私の聞いたところでは、彼は昨日、朝食のあと、午前十時頃外出したようです。午後二時までには、戻って来るつもりだったと思いますね」

と、樋口は、いった。

「午前十時に外出ですか」

十津川は、呟《つぶや》いてから、

「殺しの現場までゆっくり歩いても、一時間で行けますね。往復で二時間だから、確かに間に合いますが」

「彼は六十歳を過ぎてからも、市民マラソンなんかに出たりしていますから、ゆっくり間に合うと思って外出したんだと思いますね」

と、樋口は、いった。

「よく散歩に出ていたんですか？」

「朝食のあと、毎日散歩に出ていたと、フロント係がいっていました」

「昨日も、同じように散歩に出たということですかね？」

「そうだと思いますが――」

と、樋口は、いった。

フロント係の一人があたふたと、部屋に入って来ると、樋口に何か囁《ささや》いて、出て行った。

樋口は、当惑した顔になって、杉浦に、

「申しわけない。池宮さんから預かっていた一千万円のことですが、昨日、外出する時、そのなかから二百万円を持って行かれたそうです。担当したフロント係が今日は休みなので、今、電話で知らせて来たそうで、申しわけないことをしました」

「そうなんです」

「二百万円を持って、外出した？」

「ただの散歩じゃないな」

と、杉浦は、いった。

十津川も、同じことを考えた。池宮信成の死体は、二百万円の現金は所持していなかったし、現場に落ちてもいなかった。

八万二千円入りの財布と、ブルガリの高級腕時計が、奪われていないことから、物盗《ものと》りの犯行ではないと考えたのだが、二百万円が消えていたとなると、話は別だった。

「どう思われますか？」

と、杉浦が、十津川に、きいた。

「いろいろ考えられます。池宮さんは、二百万円を渡すつもりで、犯人に会ったということも、その一つです」

と、十津川は、いった。

「それなら犯人が殺すのは、おかしくはありませんか？」

「池宮さんは、一千万円を、ホテルのフロントに預けています。ということは、一千万円を渡すつもりだったのかも知れません。それを、二百万円に値切ろうとして、犯人と争いになり、殺されたのかもわかりません」

「他にも考えられることは、ありますか？」

と、杉浦は、きいた。

十津川は、何か試されているような気がしたが、

「犯人が最初から、池宮さんを殺すつもりだったのではないかということも考えられます」

と、いった。

「根拠は、何ですか？」

「犯人が殺す気はなく、池宮さんをゆすっていたとします。池宮さんは、一千万円を二百万円に値切ろうとした。ケンカになった。しかし、ゆすりの犯人というのは、殴ることはあっても、相手を殺しはしないんじゃないか。金の卵を生むニワトリですからね。と、すると、池宮さんを殺した人間は、彼をゆすっていた人間とは、別人かも知れません」

と、十津川は、いった。

「その犯人は、殺すために、殺したということですね」

「そうです」

「しかし二百万円を奪って逃げた。なぜでしょうか？」

「まあ、考え方はいろいろとありますが、私はこんな風に考えたんです。犯人は池宮さんを殺して、何かを奪おうとしたのではないか、とですよ。それで、殺してから内ポケット

を探したら、二百万円の札束があった」

「犯人は、金でない別のものを探したということですか？」

「そうです」

「それは、何なんですか？」

「そこまでは、わかりません」

と、十津川は、いった。

2

十津川と亀井は、いったん古川旅館に戻ることにした。

ここの中年の仲居も、すでに事件のことを知っていて、夕食の時、

「びっくりしました」

と、二人に、いった。

「秋保では、殺人なんか、めったにないことだと聞いたがね」

と、亀井は、いった。

「そうですよ。若いカップルのお客が、ケンカしたとか、お客さまの腕時計が、風呂場《ふろば》で盗まれたといった事件は知っていますが、お客さまが殺されたというのは、初めてです」

「殺された池宮信成さんのことを知っている？」

と、十津川は廊下の椅子に腰を下し、テーブルに料理を並べている仲居に、きいた。

「よく知っていますよ。古い議員さんですから。私も頼まれて、池宮さんに、投票したことがあります」

「評判は、どうなの?」

「面倒みはいい方だという評判ですけど」

「面倒みねえ」

「就職の世話とか、交通違反の取消しとかですけど」

「悪い評判はないの?」

と、亀井が、きいた。

「さあ、そういうことは――」

「殺人事件だからね。被害者の池宮信成さんについて、全てを知りたいんですよ。誰かに恨まれていた筈《はず》ですからね」

と、亀井は、促した。

「そうですねえ」

と、仲居がいい澱《よど》む。思い出そうとしているというよりも、話していいかどうか、迷っているという感じだった。

「警察に協力して下さい」

と、亀井が、更に促すと、

「池宮先生は、一度、捕まりかけたことがあるんですよ」

と、仲居は、いった。

「捕まりかけた？　何でです？」

「よく、政治家の先生がやることで――」

「ワイロを取った？」

「ええ。仙台市では、地元の産業を育成するということで、毎年、二、三の会社に対して補助金を出しているんです。市議会の中に作った委員会が決めるんですけど、池宮さんは古手だから、委員会の中で、発言力が強いんです」

「なるほど。献金を受けて、特定の会社を推薦したということだね」

「そうなんです。でも、結局、証拠不十分ということで、池宮さんは捕まりませんでした」

と、仲居は、いった。

「打たれ強い人なんだ」

「後援会が、強いんだと思います」

と、仲居は、いった。

「仲居さんは、政治に強いんだ」

十津川が、賞《ほ》めると、仲居は笑って、

「私だって、苦労してますもの」

と、いった。

夕食を始めると、十津川は仲居に、

「今から、芸者さんを呼べるかな?」

と、きいた。

「刑事さんがですか?」

「刑事だって、芸者を呼ぶことはあるよ」

と、十津川は笑ってから、

「小花《おはな》さんという芸者さんを、呼んで貰《もら》いたいんだ。駄目だったらいい」

「聞いて来ます」

と、仲居は、いった。

九時を回ってから、小花という芸者が、やって来た。

三十五、六歳の、ちょっときつい感じの女だった。部屋に入って来るなり、

「お客さん方、刑事さんですってね」

と、いった。

十津川は、苦笑して、

「仲居さんが、いったのかね」

「そうですよ」

「私たちは、東京の刑事なんだ。ここには、亡くなった田中伸彦さんの友人として、来て

いてね」

　と、十津川は、いった。

「田中社長のお友だちですか」

「そうなんだ」

「あの社長さんは、顔の広い人だったから、東京の刑事さんともつき合いがあったんですね」

「まあ、飲んでくれ」

　と、十津川は小花に、すすめてから、

「実は、田中さんの話を聞こうと思って、親友だという、池宮さんに会いに、ここのKホテルへ行ったんだが、今度は、その池宮さんが殺されてしまってね」

「私も、びっくりしましたよ。あの前日に池宮先生のお座敷に呼ばれてるんですから」

「その時、池宮さんは、どんな様子だった？」

　と、十津川は、きいた。

「夕食の時に呼ばれたんですよ。午後七時だったと思うんですけどね。食事しながら楽しそうに、飲んでいらっしゃったんですけどね。途中で、電話がかかったんです」

「池宮さんの携帯に？」

「ええ。最初は静かに話していらっしゃったんですけど、途中から急に、むっとした顔になって、電話を終わったら、不機嫌になって、黙ってぐいぐい飲むだけで、私も何もいえなくなりましたよ」

「その時、池宮さんは携帯で、どんなことを相手と話していたのかわからないかな」

と、十津川は、いった。

「さあ、どんなことを話していたかしら」

と、小花は、首をかしげた。

十津川は、用意しておいた祝儀袋を、彼女の胸元に押し込んでから、

「何とか思い出して欲しいんだがね」

「ちゃんと用意してありますよ——と、いってましたねえ」

と、小花は、いった。

「丁寧な口調だったんだね？」

「そうですよ。わかりました。とか、大丈夫ですとか、いってましたから」

「その他には？」

「用意してありますよと、いってから、ああ、わかってますといったんです。そこまでは、ニコニコしていたんですけどねえ、そのあとで急に、怖い顔になって、そんなことまでするんですかって、いって」

「そんなことまでするんですかと、いったんですね」

「ええ。そのあと、今、いったみたいに、急に不機嫌になって、わかりましたといって、電話を切ってしまったんです」

「そのあと、黙って飲んでいた？」

「私の方も、話しかけることが出来なくなってしまったんですけどね」

「それが行方不明になる前日の夜だということは、間違いありませんね？」

と、十津川は、念を押した。

「ええ。確か池宮さんのお座敷が、十月十四日の夜で、次の日、行方不明になったって、騒いでいて、今朝、死体が見つかったんですよね」

と、小花は、いった。

小花が帰ったあと、二人は渓流の見える自慢の露天風呂《ろてんぶろ》に入った。

風が冷たいので、ゆっくりと、湯舟に浸《つ》かることが出来た。

「小花という芸者の話は、本当ですかね？」

亀井が、星空に眼をやりながら、いった。

「私たちは、東京の刑事だ。地元の刑事なら、いろいろと繋《つな》がりがあって、警戒して喋《しゃべ》るだろうが、私たちに嘘をついても仕方がないと、思うがね」

と、十津川は、いった。

「とすると、用意してありますよというのは、一千万円の金のことですかね？」

「多分、そうだろう」

「そうだとすると、おかしなことになりますよ。今まで池宮は、彼が必要で、一千万円という大金を持ってきていたと考えていましたが、電話の相手に頼まれてということも考えられるようになりましたから」

と、亀井は、いった。

「そうなんだ。池宮は電話の主に頼まれて、犯人に会いに行ったということが考えられる」

「一千万円持って来ているのに、なぜ、二百万しか持っていかなかったんでしょう？」

「それこそ、池宮が本当の当事者じゃなかったからだろう。一千万円で、話をつけてきてくれと頼まれて、金を渡された。それを二百万で話をつければ、八百万円は自分のふところに入るからね」

「欲ですか」

「それが裏目に出て、殺されてしまったのかも知れないな」

「市会議員ともあろう者が、なぜ、値切って、八百万円を自分のものにしようと思ったんでしょうか？」

「どうしても、金が必要な理由があったんじゃないのかね」

と、十津川は、いった。

「どんな理由ですか？」

「池宮は、仙台市の市会議員だ。政治家にとって、一番大事なのは、選挙に勝つことだよ」

「勝つためには、金が要るということですね」

と、亀井は、いった。

十津川は、県警の杉浦警部に電話をかけた。

「遅く、申しわけありませんが、仙台市の市会議員が関係した選挙が、近くありますか？」

と、十津川は、きいた。

「殺された池宮に絡んだことですね？」

と、杉浦は、いう。

「そうです」

「差し当って、市会議員の選挙というものはありませんが、議長が亡くなったので、近く、議長選挙があります。死んだ池宮さんは、有力候補の一人でしたね。ただ、副議長の浅野《あさの》貢一郎《こういちろう》が、最大のライバルでしたよ。池宮さんが亡くなったので、すんなり浅野新議長が、誕生するんじゃありませんか」

と、杉浦は、いった。

「議長選挙ですか」

電話のあとで、亀井が、いった。

「三期十二年も議員として働き、年齢も六十五歳だ。そろそろ議長の椅子が欲しいと思う筈《はず》だ」

と、十津川は、いう。

「それに、議長選挙の方が、同じ議員を買収しなければいけないので、金がかかるといいますね」

「そうだよ。池宮は、金が必要だったんだ。だから、頼まれた一千万円を相手に渡さず、二百万円に値切ろうとして、殺されたということも考えられる」

と、十津川は、いった。

「しかし、かえって謎は、大きくなってしまいますね。一千万円を渡して、池宮に犯人との交渉を依頼した人間は、いったい誰なのか。また、その人物は、池宮に何を頼んだのか。そして、犯人は誰なのかという謎です」

「ああ、その通りだ。その人物というのは、芸者の小花が聞いたという池宮の電話の相手じゃないかな」

「池宮は相手に対して、丁寧に話していたといってましたね」

「市会議員で、六十五歳の池宮が、頭の上がらない人物となると、まず考えられるのは――」

「後援会長の樋口ですね」

「そうだよ。友人だといっているが、議員と、後援会長となれば、自然に、上下関係が生れてくる」

「それに、樋口が、金を持っていたからですね」

「議長選挙が迫っていれば、池宮としてみれば、後援会長には、逆らえないと思います」

と、亀井は、いった。

「となると、池宮に一千万円を渡して、犯人と会うように頼んだ人間は、まず、Kホテルのオーナーの樋口ということになってくるね」

と、十津川は、いった。

「樋口なら、条件を満たしています」

「謎の人物を樋口と断定しても、謎はいぜんとして残るな。いったい池宮に何を頼んだのか、そして池宮を殺した犯人は、誰かという謎だ」

と、十津川は、いった。

3

翌日、十津川と亀井は、仙台市内の捜査本部に、杉浦警部を訪ねた。

十津川が、自分の考えを話すと、杉浦は、

「それを、本部長に話して下さい」

と、いった。

県警本部長の下、これから捜査会議が開かれるという。そこに、参加して欲しいと、杉浦は、いった。

午後一時から、その会議が、開かれた。

まず、杉浦たちが黒板を前に、今回の事件を説明し、司法解剖の結果を説明した。

池宮信成（六十五歳）の死因は、ロープで首を絞められたことによる窒息死。

死亡推定時刻は、十月十五日の午前十一時から十二時の間。

杉浦が、詳しく解説する。

「被害者の死因は、窒息死ですが、後頭部にも、鈍器で殴られたと思われる傷があります。その傷は、致命傷ではないので、次のように推理できます。犯人は、スパナのようなもので、背後から、池宮の後頭部を殴りつけ、倒れたところを用意してきたロープで、首を絞めたと思われます。そのロープがこれですが、これは登山などに使われるもので、それを、一メートル二十センチに切って、あらかじめ、犯人が持参したものと思われます。残念ながらこのロープから、犯人の指紋は、検出されませんでした。次に、被害者、池宮信成の行動ですが、彼は一週間前から、秋保温泉のＫホテルに泊っており、十月十五日の朝食のあと外出しています。池宮は、一千万円をフロントに預けていましたが、この日、その中から二百万円だけ持って、外出しています。その二百万円は失《な》くなっていますので、犯人が奪い取ったものと、考えられます。これからの捜査で大事なことは、五点あると思います」

杉浦は、黒板に、それを書きつけた。
①被害者が、フロントに一千万円もの大金を預けていたが、この一千万円は、どんな金な

のか。
②なぜ、そのなかの二百万円を持って、犯人に会いに出かけたのか。
③池宮は二百万円で、何をしようとしていたのか。犯人にゆすられていたのか。それとも、犯人に何か頼もうとしていたのか。
④そして、犯人は何者か。
⑤以上の四点を明らかにするため、池宮信成の人間関係を調べること。また、現場の聞き込みを徹底すること。

次は、乞《こ》われて、十津川が自分たちの考えを、本部長に説明した。

「私たちは、秋保の小花という芸者に会いました。好運にも、彼女は十月十四日の夜、池宮信成のお座敷に呼ばれていたのです。酒の相手をしている時、外から池宮の携帯に電話がかかって来て、小花はそれを聞いています。彼女の話ですとその時、池宮は相手に対して、丁寧な口調で話していたといいます。池宮の言葉を、小花に教えて貰《もら》い、それをメモしてきました」

十津川は、それを黒板に書きつけた。

〈ちゃんと用意してありますよ〉

〈ああ、わかってます〉

〈そんなことまでするんですか?〉

〈わかりました〉

「この会話から、私たちは勝手な想像をめぐらせました。間違っているかも知れませんが、披露させて頂きます。池宮がフロントに預けた一千万円は、彼自身の金ではなく、十四日の夜、電話して来た人間のものではないかと考えました。その人間は、池宮に一千万円を預け、十五日にその金を持って、犯人に会いに行くように、指示したのではないか。その一千万円で、犯人から何かを買うようにいったのか、もっと難しいことを頼んだのか。多分、それは、かなり危険なことだったと思います。なぜなら、小花の話で、電話のあと池宮が、暗い表情になったというからです。しかし、池宮は翌日、犯人に会いに出かけています。しかし、預かった一千万円のうち、二百万円だけを、持ってです。その理由を、こう考えました。池宮は、一千万円で、何かを買えといわれたか、何かの話をつけるように頼まれていた。もし、二百万円ですますことが出来れば、残りの八百万円は、池宮のふところに入ってくる。それを計算したのではないかと、考えました。そんなに池宮は、金を必要としていたのかと、考えて、調べましたところ、仙台市議会では、議長が急死して、近く議長選挙が行われる。池宮は議長になりたいと思っていた。とすると、議員を買収しなければなりませんが、それには金が必要です。そのために、八百万円をくすねようとしたのではないか。ところが、それが失敗して、池宮は、犯人に殺されてしまったのです」

と、十津川は、いった。

「一千万円が、池宮信成のものではないというのは、面白いな」

と、本部長は、いった。が、すぐ付け加えて、

「ただし、証明できるかだな」

「その点は、こちらで調べます」

と、杉浦が、いった。

「出来るかね？」

「池宮信成の収入、預金、その他の資産を調べれば、問題の一千万円が、彼のものか違うか、わかる筈《はず》です」

杉浦は、自信を持って、いった。

捜査会議が終わったあとで、杉浦が十津川の傍に来て、いった。

「実は、小花という芸者には、私も眼をつけていたんですよ。池宮がＫホテルで、芸者を呼んでいて、その芸者の名前が、小花とわかったからです。ところが、十津川さんに先を越されてしまった。参りました」

「でも、まだ何もわからないんですよ。犯人が誰かも、犯人の目的もです」

と、十津川は、いった。

このあと、十津川と亀井は、近くの喫茶店に入った。

コーヒーを頼んでから、十津川は携帯を取り出して、東京の西本にかけた。

入院している江口ゆきのことが、心配だったからである。

「今、こちらから、お電話しようと思っていたところです」

と、いきなり西本が、いった。

十津川は、不安に駆られながら、

「何があったんだ？」

「江口ゆきが亡くなりました。容態が急変したんです」

と、西本は、いった。

「結局『アオバ』以外、何もいい残さなかったのか？」

「いえ。最後に、一言いい残しています」

「どんな言葉を残したんだ？」

「ウラギリです」

「ウラギリ――？」

「アオバノウラギリです」

「青葉の裏切りか」

「そうです。私には、意味がわかりません」

と、西本は、いった。

十津川は、手帳に書いて、亀井に見せた。

亀井はコーヒーカップを手に、手帳の文字を読んで、

「青葉の裏切りって、どういう意味ですか？」

「青葉は、仙台の代名詞みたいなものだろう。とすると仙台に裏切られたということになるのかな？」

　と、十津川は、いった。

「高見明は、殺されましたね。そのことをいっているんでしょうか？」

「高見明は誰かに頼まれて、私から例の手帳を奪った。その依頼主が、仙台の人間だとする。高見は、手帳をその仙台の人間に渡して、報酬を貰おうとしたが、殺されてしまった。江口ゆきは高見から、その仕事のことを聞いていたんじゃないか。大金が手に入るとね。五百万円は貰ったが、もっと貰えるという話だったのかも知れない。ところが、高見は殺され、その上、江口ゆきの店には火をつけられた。ただ、彼女は高見から、問題の依頼主の名前は、聞いていなかった。ただ、仙台の人間としか聞いていなかったんじゃないだろうか？」

「それで、青葉の裏切り――ですか？」

「一応、そう考えてみたんだがね」

「それならなぜ、仙台の裏切りといわなかったんでしょうか？」

　と、亀井が、きいた。

「高見にとって、刑事から手帳を奪って、依頼主に売りつけるのは、汚い仕事という意識があったんじゃないかね。それで、恋人の江口ゆきとの間では、仙台といわずに、青葉といういい方をしていたんじゃないか。隠語みたいな感じでね。それで、もうろうとした意識の下で、江口ゆきは、アオバノウラギリと呟《つぶや》いた——」

「なるほど。それならわかります」

と、亀井は、いった。

「だが、わからないことは、私にもある」

と、十津川は、いった。

「どんなことがですか？」

「私は青葉よりも、裏切りという言葉の方が、不可解なんだよ」

「それは高見が、依頼主に殺されたと思ったからじゃありませんか。だから、裏切られたと」

「普通は、そう考える。私だって、そう考えた」

「ええ」

「だが、冷静に考えてみよう。亡くなった田中伸彦の手帳を奪い取るという仕事は、もともと、汚い仕事だよ。犯罪なんだ。しかも高見は、五百万円の金を受け取っているんだ。五百万円貰って、窃盗を引き受けたんだ。高見は手に入れた手帳を、相手にもっと高く売りつけようとして、殺されたということになる。そのあおりを食って、江口ゆきも死んだ。高見にしろ、江口ゆきにしろ、下手をすると、自分たちが危いことも覚悟していた筈だよ。今もいったように、犯罪を引き受けて、大金を貰ったんだから。それなのになぜ、裏切られたなどと、口走ったんだろう？」

　十津川は、自問するように、いった。

「確かにおかしいといえば、おかしいですが、西本は確かに、江口ゆきが死ぬ寸前、青葉の裏切りといい残したと、いったんでしょう？」

「そういっている」

「それでしたら、おかしくはあっても、江口ゆきは、裏切られたと感じていたんだと思います。死ぬ寸前に、嘘をつくとは思えませんから」

「もう少し、考えてみよう」

　と、十津川はいい、ゆっくりと、コーヒーを口に運んだ。

　亀井は黙って、「アオバノウラギリ」の文字を見つめている。

「青葉が仙台の意味だとすると、仙台の人間に、裏切られたということになる」

　と、十津川は、続けた。

「そうです」

「と、いうことは、高見は仙台の人間に、問題の手帳を奪ってくれと、五百万円で頼まれたことになる」

「ええ」

「なぜその人間は、仙台の人間ではなく、東京の私立探偵に、頼んだんだろう？」

　と、十津川が、自問する。

「地元の人間に、そんなことを頼むと、あとで問題になると考えて、関係のない東京の私立探偵に、純粋に、金で頼んだんだと思いますが」

と、亀井は、いった。

「多分、カメさんのいう通りだろう」

と、十津川はいってから、

「それで今回、この仙台で起きた殺人事件ということになるんだがね」

「関係があると、思われるんですか?」

「今回殺された池宮信成だが、誰かに一千万円を預けられ、それで、何かを頼まれたと考えられるんだ」

「そうです。一千万円を渡されたのに、池宮は二百万円で片をつけ、残りの八百万円を猫ババしようとして、殺されたと考えられます」

「一千万円、いや、二百万円で手に入れようとしたものだが、それはひょっとして、例の手帳なのではないだろうか」

十津川がいうと、亀井は、眼を光らせて、

「もしそうだとすれば、東京の殺人事件と、仙台の殺人事件とは、結びつきますね。問題の手帳で」

「もう少し、整理してみよう。田中伸彦という六十五歳の実業家が、一冊の手帳を残して、亡くなった。未亡人は、ただのメモと思って、あっさり、私にくれた。しかし、ある人間にとっては、命取りとなる危険なメモだったんだ。その危険に気付いた人間、それをAとしよう。Aは、仙台の人間で、多分、亡くなった田中伸彦の身近かにいた人間だろう。当然、Aのことも手帳に書かれている筈だ。Aは、何とかして、手帳を手に入れようとして、高見に、五百万円を渡して、奪い取ってくれと、頼んだ。Aは、まんまと、手帳を手に入れた。だから、今、手帳は、Aが持っていると思われる。ここまでは、間違いないと思う」

「私も同感です」

「手帳は、私も、パラパラめくったが、そこに書かれた名前は、一人ではない。何人もの名前があった」

「A・Kの名前もですね」

「そうだ。A・K以外は、殆《ほと》ど実名だった。仙台の有力者や、東京のデパートの社長もあった。その中に、Aと同じように、手帳が公けになると、困る人間もいるんだと思う。その一人を、Bとしよう。Bは、手帳がAの手に入ったのを知った。或《あ》いは、Aが、Bに知らせたのかも知れない。このままでは、永久にAに頭が上がらなくなってしまう。Aにゆすられるかも知れないと思い、政治家の池宮に一千万円を渡して、何とかAから、手帳を買い取ってくれと頼んだ」

「池宮が、困った様子だったと、芸者の小花は、いっていますが、電話で、何をいわれたんでしょう？」

亀井が、きく。

「これは推理しか出来ないんだが、Bは、池宮に対して、万一の時は、Aを殺してでも、手帳を手に入れて来いと、強くいったんじゃないかな。それで、池宮は追いつめられてしまった」

「それなのに、一千万円のうち、二百万円しか持って行かなかったのは、なぜなんでしょうか？」

「開き直ったのかも知れないな。Bに、相手を殺しても、手帳を取って来いといわれて、それなら、一千万円も渡すことはない。殺して手に入れてしまおうと考え、二百万は見せ金にして、Aに会いに出かけたんじゃないか。そんな気配をAに見破られて、殺されてしまったとも考えられる」

と、十津川は、いった。

「警部は、Bを、Kホテルオーナーの樋口ではないかといわれましたね」

「市会議員の池宮を、あごで使えるのは後援会長の樋口ではないかと、思ったんだよ」

と、十津川は、いった。

「樋口は、大きなホテルを二つ持ち資産家で、仙台では有力者です」

「そうだよ」

「Aも同じような、仙台の有力者でしょうか？」

「多分、そうだろう。政治家かも知れないし、実業家かも知れない。とにかく、AもBも田中伸彦の手帳に、名前が書かれていたんだ。田中伸彦自身が、仙台市の有力者だったから、つき合っていた相手も、似たような有力者だったと思う」

「しかし、なぜ、彼の手帳がAとかBにとって、物騒なメモになったんでしょうか？」

「田中は入院し、なぜか急速に病状を悪化させていった。死期が近づくのを感じたのかも知れない。そこで、田中は、この際、何もかも、正直に、手帳に書きつけようと、決心したんじゃないかな。知り合いの政治家の不正も、同じ実業家の不正も、隠さずにだ。田中は、もともと、そうしたことが、我慢できない人間だったのかも知れないが、それまで、ずっと、押さえてきた。死期を感じて、その押さえが、取れたんじゃないかな。田中自身は、すっきりしたろうが、書かれた人間にとっては、大変な脅威になった筈《はず》だ。自分たちの命取りになりかねないからね。それが、何人いるのかわからない。Aと、Bの二人かも知れないし、C、D、Eと、何人もいるのかも知れないな」

と、十津川は、いった。

「これから、どうしますか？」

「仙台の事件は、県警に委《まか》せるより仕方がない。もちろん合同捜査になるだろうが、それは同一犯人の殺人と決ってからだがね」

「ええ」

「今は、もう一度、田中啓子に会ってみたい」

と、十津川は、いった。

4

二人は、一番町の店に、田中啓子を訪ねた。

啓子は新社長として、てきぱきと、社員に指示を与えていた。

啓子は二人を、社長室に招じ入れた。

「池宮さんがあんなことになって、本当にびっくりしました」

と、彼女の方から、いった。

「私はどうしても、池宮さんと会って、話を聞きたかったんですが、残念でした。Kホテルのオーナーの樋口さんにも、会いましたよ。樋口さん、池宮さん、それに田中さんの三人は、大学の同窓生だったそうですね」

と、十津川は、いった。

「ええ」

と、啓子は肯《うなず》き、三人が一緒に写っている大学時代の写真を、十津川たちに見せてくれた。

「樋口さんと、池宮さんは、友人同士であると同時に、市会議員とその後援会長でしたね」

と、十津川は、いった。

「そうですわ」

「と、すると、池宮さんは樋口さんに、頭が上がらなかったんじゃありませんか？」

「樋口さんは父親の代から、仙台ではよく知られた資産家でした。池宮さんの方は、普通のサラリーマンの家庭で、大学の政経を出たあと、会社勤めをし、そのあと政治家を志すんですけど、肝心の選挙資金がなかったんです。最初、村会議員から出発したんですけど、その時から、樋口さんの資金援助を受けていたんです。市会議員になるときには、もっと選挙資金が必要だったから、より一層、樋口さんの助けを借りたと思います。うちの主人も池宮さんの後援会に入っていて、かなりの額を寄附していた筈ですわ」

と、啓子は、いった。

「やはり池宮さんは、樋口さんには、頭が上がらなかったんですね」

「ええ」

「議長選挙になれば、更に、多額の資金が必要ですね」

「ええ。私のところにも秘書の方から、よろしくというあいさつが来ていました」

「池宮さんが殺されたことについてですが、何か心当たりは、ありませんか？」

と、十津川は、きいた。

「全く、ございませんけど――」

「実は、池宮さんは誰かから、一千万円という金を預かっていましてね。その金で犯人から、何かを買い取ろうとしていたと思われるのです」

「あの方、古美術に詳しいから、その方面の絵か茶道具でも、買うつもりだったんでしょうか？」

「私は、全く違うと思っています」

「では、何を買おうとしていたと、思っていらっしゃるんですか？」

啓子が、きく。

「例の手帳です。ご主人が、書き残した手帳です」

十津川がいうと、彼女は、「え？」と、眼を丸くして、

「なぜあの手帳を、一千万円もで、買おうとしたと、おっしゃるんですか？　ただの、亡くなった主人のメモなのに」

「あなたは、そう思っておられるかも知れませんが、ある人間にとっては、命取りになるメモかもわからないんです」

「信じられませんわ。そんなこと——」

「あなたは、手帳を隅から隅まで、眼を通したんですか？」

十津川がきくと、啓子はばつの悪そうな顔になって、

「実をいうと、パラパラと、眼を通しただけなんです。主人と交際のあった人たちの名前が、沢山出てきたので、主人の交友録みたいなものかと思って、私には関係ないなと、考えたんです。仕事のことに、口を出すなといわれていましたから。だから、十津川さんに差し上げたんですよ。十津川さんの名前が、手帳の最後に書いてありましたから」

「そうでしょうね。しかし、今いったように、ある人間にとっては、命取りになるメモだったんです。だから奪い合いになり東京で二人と、仙台で一人が、殺されてしまったんです」

「そういわれても困りますわ。私は、内容を知らなかったんですから」

啓子は、当惑した顔で、いった。

「わかっています。あなたに責任は、ありません。第一に、新幹線のなかで、手帳を盗まれた私が悪い」

と、十津川は、いってから、

「手帳に誰の名前が、書かれていたかということになるんです」

「ええ」

「詳しく書かれていたのは、日頃、田中さんと、つき合いが、多かった人間だと思うんです。そのなかに、犯人がいる可能性が、強いんじゃないかと、考えます。それで、あなたに協力して貰《もら》いたいんです」

と、十津川は、いった。

「でも、どんな協力をしたら、いいんでしょうか？」

啓子は、不安気に、十津川を見た。

「池宮さんと、樋口さんは、田中さんと、親しかったんですね」

「ええ」

「この間は、東京のSデパートの安岡という営業部長の名前を聞きました」

「よく、お見えになっていましたから」

「他に、よく田中さんと会っていた人の名前を教えて下さい」

「でも、仕事のことは、主人は私には、殆《ほと》ん《ん》ど話しませんでしたから」

「でも、今は、社長になっておられるんでしょう？」

「ええ。尻込《しりご》みしているわけには、いきませんから」

と、啓子は、いった。

「それならご主人が、つき合っていた人たちとも、商売の話をするようになっているんじゃありませんか？」

「ええ。そうなっていくと思いますけど」

「それなら思いつく名前を、いって下さい。ご主人が毎日のように、つき合っていた人の名前が知りたいんです。仙台の有力者の名前が出てくると思いますが」

と、十津川は、いった。

「どうしても、必要なんでしょうか？」

「必要です」

十津川は、きっぱりと、いった。

啓子は、それでも迷っていたが、奥から一つのリストを持って来た。

「これは、私が主人の仕事を再開すると発表した時、激励のお手紙や、花束を贈って下さった方のお名前なんです。落ち着いたら、お礼のお手紙を差し上げようと思って、リストを、作っておいたんです」

と、啓子は、いった。

そのリストを見ると、なるほど、有力者の名前が、ずらりと並んでいた。

宮城県知事、仙台市長から、同業者の名前が並び、樋口と池宮の名前も見えた。

「このリストを貸して頂けませんか」

十津川が、いうと、啓子は、

「これを警察の方に渡したということは、内密にしておきたいんです。大切なお客さまのリストですから」

「わかっています。絶対に秘密にしますし、妙なことに使うことはありません」

と、十津川は、約束した。

啓子はリストをコピーして、十津川に渡した。

そのあとも、啓子は、

「皆さん、涙が出るような励ましの手紙や、電話を下さっているんです。他に、メールもです。困ったことがあったら、すぐ相談に来なさいとおっしゃって下さる方もいます。生前の主人に、世話になったので、ぜひお礼をしたいとおっしゃって下さる方もいるんです。その人たちを、少しでも疑ったら、罰が当たりますわ」

と、いった。

そうした手紙も、見せてくれた。

殺された池宮信成の手紙もあった。

〈田中君の急死は、私にとって、大変なショックでした。

彼は、私の友人というだけでなく、政治家としての私を、長年にわたって支えてくれていたのです。彼がいなければ、政治家としての私も、無かったと思います。

今回、奥さまが悲しみから立ち直られて、ご主人の志を継ぎ、社長として事業を続けられると聞いて、ほっとしております。微力ではありますが、どんなことでもご相談下さい。

私でお役に立てることがあれば、ぜひ、お力になりたいと思っております。

市会議員　池宮信成
田中啓子様〉

東京の人間で、田中伸彦と、仕事のつき合いのあった人からの手紙もあった。どれも、生前の田中の厚情に感謝し、啓子に対してどんなことでも、力になりたいというものだった。

「亡くなったご主人は、みんなに信頼されていたんですね」

十津川は、正直に、感動した。

よく、人間は、亡くなってから、真価が問われるという。

それを考えると、田中伸彦という人間は、よほどつき合いのあった人たちに、誠実に接していたのだろう。

二人は、リストのコピーを貰って、外に出た。

「彼女は、全く疑っていないようですね」

と、亀井が、いった。

「だから、あっさり、あの手帳を私に渡したんだよ」

「このリストのなかに、その手帳をめぐって、殺人をやった人間がいると、警部は思われるんですね」

「ああ。いると思っている。自分で手を下さず、金で人を雇って、殺させたかも知れないがね」

と、十津川は、いった。

「警部のいわれた、AとBが、いるわけですね」

タクシーを拾って、秋保温泉の古川旅館に向かう。

その車のなかでも、二人は、リストに眼を通していた。

「いずれも仙台のというか、宮城の有力者ばかりですね。それに東京の人も、有力者といっていいんじゃありませんか」

「だから問題なんだよ。どの人間も、地位があり或《あ》いは名声、金がある。つまり、失うものが大きいんだ。だから、それを守るためには、殺人だってやりかねない」

と、十津川は、いった。

第四章　死亡診断書

1

十津川は、一つの思いに、取りつかれていた。

それを口に出して、亀井に話した。

「今度の事件なんだが、誰かが芝居の脚本を書いて、全員がその脚本で、動かされているんじゃないか。そんな気がする瞬間があるんだよ」

と、十津川は、いった。

「もっとわかるように、詳しく話して下さい」

亀井が、膝《ひざ》を乗り出した。

「最初から、奇妙な事件なんだ。私は、仙台の田中伸彦という人間とは、一面識もなかった。それなのに、田中が病死すると、彼の手帳に何故か私の名前が書いてあった。未亡人は、それで私を夫の親友だと思って、葬儀に招請したんだ」

「確かに、発端からして、奇妙でしたね」

「私は興味にかられて、その手帳を未亡人から譲り受けて、東京に戻った。手帳の中身を、調べてみたかったからだよ。ところが、帰りの新幹線のなかでその手帳を、まんまと奪われてしまった。その上、私から手帳を奪ったと思われる私立探偵が、井の頭で殺され、彼の恋人も死亡した」

「それでわれわれが、この殺人事件を、捜査することになったんです」

「事件の根を知ろうとして、私とカメさんが仙台へ来たら、今度は、仙台の市会議員が殺されてしまった。まるで、私がこの新しい殺人を呼んだみたいな感じだった」

「わかります」

「もし私たちが、仙台へ来なければ、あの池宮という市会議員は、殺されなかったんじゃないか。そんな気もするんだよ」

「そんなことは、ないと思います」

亀井が、声を大きくした。

十津川は、笑って、

「私だってそんなことはないと、信じているさ。だがね、今もいったように、最初から奇妙だったんだ。病死した田中伸彦という男が、手帳に私の名前を書かなければ、未亡人も、私を葬儀に呼ばなかったろう。多分、遺品として、未亡人は柩《ひつぎ》のなかに、遺体と一緒におさめて、茶毘《だび》に付したと思う。そうなっていれば、私立探偵殺しもなかったし、仙台の殺人も起きなかった筈《はず》なんだよ」

と、十津川は、いった。

「では、病死した田中伸彦が、警部のいわれる脚本を、書いたといわれるんですか？」

と、亀井が、いう。

「それも考えてみた。田中伸彦の死は、いかにも、早過ぎる。それで、田中自身、疑いを持ったんじゃないか。医者か、見舞いに来る友人、知人か、或いは家族が、自分に薬をもっているんじゃないか。見舞いの果実か、飲みもののなかに、薬を入れられているんじゃないかとね。だが、誰も取り合ってくれない。そこで、最後の手段として、私の名前を手帳に、書き残した。私のことは、多分、週刊誌か何かで、見たんだろう」

「私も、警部のことを取り上げた週刊誌の記事を、読んだことがあります」

「それで私の名前を、手帳に書き残しておいた。そうしておけば、自分の死後、妻は自分の葬儀に、刑事の私を呼ぶだろうと、計算してだ」

「その通りになったわけですね」

「刑事というのは何かあると、首を突っ込みたがる。調べたくなる。そんな刑事心理も、田中は、読んでいたのかも知れない。そして、私は知らない人間の葬儀に参列してしまった」

「じゃあ、やっぱり、脚本を書いたのは、病死した田中伸彦ということになりますか？」

と、亀井が、いう。

「ここまではね」

と、十津川は、いった。

「しかし、そのあとのことまで、死人に予測できるだろうか？」

「では、脚本を書いたのは、誰とお考えなんですか？　未亡人の田中啓子ですか？」

と、亀井が、きいた。

「ああ、田中啓子の名前も浮かんだよ。妻なら夫の筆跡をマネて、手帳に私の名前を書き残すのも、そんなに難しくはなかったろうからね。だが、彼女だとすると、腑《ふ》に落ちないことがある」

「何ですか？」

「問題の手帳をあっさり、私に渡したことだよ。その後の殺人事件は、手帳をめぐって起きているんだ。それなのに、簡単に私に渡してしまうというのは、どう考えてもおかしいんだよ。私が興味を失って、捨ててしまえばそれで、脚本は、ジ・エンドになってしまうからね」

「確かに、そうですね」

「しかし、このあとで、脚本を書くというのも、おかしくなってくる。それは脚本でなくて、脚本なしの殺人になってしまうからだ」

「と、いうと、どういうことになるんですか？」

「誰かが脚本を書いて、犯人もその脚本通りに動いているんじゃないかという私の考えは、ただの空想でしかないことになる。おかしくはあるが、全てが偶然で、事件は、ただ偶発的に起きているということになってくるんだよ」

と、十津川は、いった。

「それも、納得できませんね」

と、亀井は、いった。

「事件を最初から、検討し直す必要があるんだ」

「何処から始めますか？」

「田中伸彦が、死んだ時点からだ」

と、十津川は、いった。

「彼の死因は病死なわけでしょう？」

「心不全になっているが、たいてい人間は、心不全だよ。死因に全く疑問がなかったのかどうか、死亡診断書を作った医者に会ってみようじゃないか」

「病院は、わかりますか？」

「青葉区のR病院で、死亡診断書を作ったのは、沢木《さわき》医師とわかっている」

と、十津川は、いった。

青葉区は、仙台市内の北にあり、学校や寺院の多い地区である。

二人は、七階建の大きなR病院に、出かけた。

広い待合室には、今日も沢山の外来患者が、順番を待っていた。

十津川は、窓口で来意を告げた。

二十分近く待たされてから、三階の診療内科部長室で、沢木という医者に会うことが、出来た。
五十五、六歳の痩身《そうしん》の医者だった。
「田中伸彦さんのことでしたら、何も問題はありませんよ。奥さんも了解しているし、当地の警察も問題と考えていませんから」

と、沢木医師は、いった。

「それは、わかっています」

十津川は、一応逆らわずに、肯《うなず》いて見せた。

「それならどうして、今更。それにあなた方は、東京の刑事さんでしょう？」

「実は、田中伸彦さんの死亡に絡んで、東京で殺人事件が起きているのです。二人の人間が、殺されています」

「それがどうして、田中伸彦さんに関係しているとわかるんです？」

沢木は、眼鏡ごしにじろりと、十津川を睨《にら》んだ。何か、油断のならない感じの眼だった。

「一人が、青葉の裏切りというダイイングメッセージを残して、死んだからですよ」

「青葉の裏切り？」

「そうです。どう考えても、仙台のことを指していると考えられるんです。それに、この二人は、田中伸彦さんの死に絡んでいることが、わかっているんです」

「どんな関係があるんですか？」

「それは、捜査上の秘密で、申し上げられません」

と、十津川は、思わせぶりに、いった。

沢木医師は、眉《まゆ》を寄せて、

「それでは、お話ししても仕方がないんじゃありませんかね」

「田中さんは入院したあと、一時、快方に向かっていた。それが、突然悪化して、あっという間に亡くなってしまった」

「肺ガンの場合はそういうことが、よくあります」

「つまり、手術は成功したと思われたが、転移していたということですか？」

「そうです」

「では、カルテとレントゲン写真を見せてくれませんか」

と、十津川は、いった。

「奥さんには、もう、お見せして、説明しましたよ」

「それを、私たちにも見せて欲しいんですがね」

「どうして親族でもない方に、お見せしなければならないんです？」

「何か、都合の悪いところでも？」

と、亀井が、口を挟んだ。

「バカなことはいわんで下さい」

沢木医師が、気色ばんだ。

「沢木先生」

と、十津川は、相手を見すえた。

「何です？」

「私は、病院が、診療に当たって、何かミスをしたなどとは、全く思っていないんですよ。しかし、何か、不自然なことがあって、田中さんの病状が、急に悪化したのではないか。病院側としては困惑して、ガンが転移したということにし、死亡診断書には、心不全とした。違いますか？」

「そんなことない！」

「もし警察が、本格的に捜査するとなると、この病院と担当医師を、告訴することになるかも知れませんよ」

「――」

「これは、私の勝手ですがね。田中さんは手術が成功して、快方に向かっていた。ところが、突然、病状が悪化し始めた。病院側はわけがわからず、困惑したんじゃありませんか。レントゲンなどで調べてもガンは転移していないのに、田中さんは、どんどん衰弱していくから。違いますか？」

「――」

「私の考えでは、見舞客の一人が、或《あ》いは、複数で組んでかわかりませんが、田中さんの好物の果実か飲み物に、薬を混ぜて食べさせ、或いは、飲ませたんじゃないか。それで、田中さんは、急激に病状が悪化した。しかし、あなた方は、まさか、田中さんの体内に、毒物が入ったなどとは思わないから、困惑してしまった。当の本人も、わからなかった。わかったのは、田中さんが亡くなってからじゃないんですか？　しかし、なぜ、毒が体内に入っていたのか、病院側としてもわからない。そのまま発表すれば、医者と看護師が疑われる。そこで、ガンが転移して、亡くなったことにしたんじゃありませんか？　私たちは、病院は、万全をつくしたと思っているんですよ。まさか見舞客が、毒をとは思わないから、油断をしていた。それは、病院側の責任じゃありません。どうですか？　正直に話して頂けませんか」

十津川は、沢木医師を説得した。

沢木は、しばらく黙っていたが、

「秘密は、守って頂けますか？」

と、十津川に、きいた。

「私たちは、東京の殺人事件の解決のために、動いているのです。そのために、真実が知りたい。病院の対応については、興味がありません」

十津川が、きっぱりと、いう。

沢木は立ち上がり、窓際まで歩いて行って、振り向いた。

「秘密は、守って下さい。実は、田中さんの手術は成功したのに、突然、容態が悪化して、あわてました。いくら調べても、ガンが転移した様子はない。だが、身体は衰弱していく。われわれは、いろいろなケースを考えましたよ。まさか、毒物を飲まされたとは思いもしないから、院内感染とか、肺炎を起こしたのではないかとかね。一つ一つ消していったが、原因がわかりませんでした。迷いに迷った末、ひょっとして、毒物のせいではないかと考えたんですが、その時は、すでに手おくれでした」

「何の毒物だったんですか？」

「砒素《ひそ》です」

と、沢木医師は、短かくいった。

「未亡人には、このことを話したんですか？」

亀井が、きいた。

「いいえ。申し上げていません。しかし、ずっと付き添っていた方ですからね。何かおかしいなとは、感付いていらっしゃったと思います」

「そうでしょうね」

「この際ぜひ、一つ、申し上げておきたい」

と、沢木医師が、真剣な眼つきで、十津川を見た。

「いって下さい。伺いますよ」

「砒素のことを、隠していた理由です。あなたのいうように、病院が気付かなかった不手際を隠したと思われても仕方がありませんが、もし発表した場合の影響の大きさも、心配だったのです。当然、警察が調べることになりますが、第一に疑われるのは、奥さんですよ。奥さんは若くて、田中さんとの間に年齢差があったから、疑われる理由を持っています。その他、田中さんは仙台の有力者で、交際範囲が広かったですからね。疑惑を持たれる人間も、仙台の政財界の有力者が並んでしまうのです。警察が調べ出したら、パニックになってしまいますよ。仙台市長だって、見舞いに来ていますからね。それで秘密にしてしまったんです」

と、沢木は、いった。

十津川が、いった。

「田中さんが入っていた病室の担当の看護師さんに、お会いしたいんですが」

「看護師を疑っているんですか？」

また、沢木の表情が、険しくなった。

「いや、全く疑っていませんし、砒素のことは、いいませんよ」

と、十津川は、約束した。

戸田《とだ》節子《せつこ》という三十代の看護師と、もう一人、二十七、八歳の西野《にしの》美奈子《みなこ》という看護師だった。

二人同時に会うことが出来ず、十津川たちは、まず戸田節子の方に会った。

「田中伸彦さんが入院中、沢山の人が、見舞いに来たと思うんですが」

と、十津川が、切り出すと、節子は肯いて、

「そりゃあ、大変でしたよ。病室が、お見舞いの花で、一杯になりましたから」

と、いった。

「そのなかに、特に目立った人はいませんでしたか？　市長さんなんかじゃなくて、何回も来た人なんですがね」

「一番多かったのは、奥さまですね。泊っていかれたこともありますから」

「いや、奥さん以外の人です。いわくありげな女性とか、見舞いに来ていませんでしたか？」

と、十津川は、いった。

彼の頭のなかには、田中の手帳にあったA・Kという人物のことがあった。

節子は、戸惑いの色を見せて、

「申し上げていいかどうか――」

「若い女性が時々、見舞いに来ていたんじゃありませんか？」

と、十津川は、いった。

「ご存知だったんですか？」

「やはり、若い女性が時々、見舞いに来ていたんですね？」

「ええ。同じ娘さんが時々、お見舞いに来ていらっしゃいましたよ」

「どんな娘さんでした？」

「二十二、三歳の方ですよ。田中さんの娘さんだと思ったんですけど、奥さんが若いので、いろいろと、考えてしまいました」

と、節子は、いった。

「その娘さんのことを、田中さん本人は何と呼んでいたか、覚えていませんか？」

と、亀井が、きいた。

「さあ、それは、覚えていませんけど」

と、節子は、いった。

もう一人の看護師は、休みだったので、彼女のマンションを訪ねて行って、会った。

西野美奈子の方は、若いだけに、よく喋《しゃべ》ってくれた。

美奈子の方も、若い女の見舞客のことは、よく覚えていた。

「きれいな方ですよ。いつもひとりで見えて、そういえば、奥さんと一緒ということは、ありませんでしたね」

と、美奈子は、いった。

「田中さんが彼女のことを、何と呼んでいたか知りたいんですがね」

と、十津川は、いった。

「何と呼んでいらっしゃったかしら？」

と、美奈子は、考えていたが、

「確か、アキちゃんとか、アヤさんとか、呼んでいらっしゃいましたけど」

と、いった。

亜紀《あき》でも、亜矢《あや》でも、Aになる。

とすると、田中伸彦の手帳にあったA・Kは、この女性だろうか。

田中はTで、Kにはならないから、田中が、他の女性に産ませた娘だろうか。それとも、若い恋人だったのか。

「何をしている女性だと、思いました？」

と、十津川は、きいてみた。

「女子大生か、ＯＬさんか、ちょっとわかりませんね」

美奈子は、自信なさそうに、いった。

十津川と亀井は、マンションを出ると、県警の杉浦警部に会った。

杉浦は、まだ、池宮信成殺しの容疑者が見つからずに、困っていた。

「容疑者が、ゼロで困っているんじゃなくて、多過ぎて、困っています」

と、杉浦は、苦笑して見せた。

古手の議員なので、利害関係のある人間が、沢山いるのだという。

「それで、今日は何のご用ですか？」

と、杉浦は、きいた。

「田中伸彦さんのことなんですが、亡くなったあと、遺産相続のことで、何かもめたことはなかったですかね？」

十津川が、きく。

「それは、奥さんが弁護士と相談して、きちんと処理したみたいですよ。田中さんは、資産家だから、そういう場合、しばしばもめるんだが、それがなかったのは、やはり、奥さんが、しっかりしていたからじゃありませんかね」

と、杉浦は、いった。

十津川は、その弁護士の名前を聞いて、会ってみることにした。

2

田中食品と同じ一番町にある町村《まちむら》法律事務所だった。

そこの町村公一《こういち》という弁護士に会った。

十津川は、警察手帳を見せ、東京の殺人事件のことを、簡単に説明した。

「その捜査のために、教えて頂きたいことがあるのです。田中伸彦さんの遺産の件なんですが、町村さんが、未亡人と二人で、処理されたそうですね」

「奥さんから、相談を受けましたよ。お金のことは、きちんとしておかないと、あとで問題が起きるからと、申し上げました」

と、町村は、いった。

「遺言状は、あったんですか？」

と、亀井が、きいた。

「ありましたよ」

「そのなかに、例えば、田中さんの隠し子のことなんかも書かれていたんじゃありませんか？」

十津川がきくと、町村は微笑して、

「十津川さんは、北村《きたむら》亜紀さんのことを、いっておられるんじゃありませんか」

「ああ、そうです。その娘さんです」

と、十津川は、肯いた。

「問題はありませんでしたよ。奥さんも、彼女のことは、前から知っているといわれましてね」

「やはり、田中さんが、他の女性との間に作った娘さんですか？」

「そうです。認知してなかったんですが、田中さんが遺言状のなかで、相応の財産をあげて欲しいと書かれていたので、奥さんと相談して、三千万円贈りました」

と、町村は、いった。

と、すると、A・Kは、問題はなかったのか。

賢明に処理したので、啓子も平気で、あの手帳を、十津川に渡したのか。

法律事務所を出たあと、亀井は、

「そんなに簡単に、奥さんが納得したとは、思えませんね」

と、いった。

「女心かね」

「そうです。弁護士に説得されて、三千万円を贈ったにしても、納得はしていないと思いますよ」

「かも知れないが、この娘が、今までの殺人事件に絡んでいるとは、考えにくいんだがね。絡んでいるとすれば、田中伸彦の死にだろうね」

と、十津川は、いった。

「自分に金が入るとわかって、田中伸彦に砒素《ひそ》を飲ませたということですか？」

「ああ。金に困っていたら、やったかも知れない。そのあと、田中伸彦の手帳に自分のことが書いてあるのではないかと考え、私立探偵の高見を殺して手帳を奪った。少しばかり強引だが、そんなことが、考えられなくはない」

と、十津川は、いった。

とにかくこれで、手帳のA・Kが、北村亜紀という娘であることは、わかった。

「未亡人に会って、確認しますか？」

と、亀井が、きいた。

十津川は、ちょっと考えてから、

「彼女にはしばらく、会うのは控えておこう」

と、いった。

「何かまずいことがありますか？」

「誰かが脚本を書いて、それによって動かされているんじゃないかといったが、どうも、やはり、脚本を書いたのは、未亡人の田中啓子のような気がしてきたんだよ。だからここは、少し冷静に、田中啓子という女性を見てみたいんだ」

と、十津川は、いった。

「R病院の沢木医師が、砒素のことを認めましたね。それを、未亡人は、気付いていたんですかね？」

「沢木医師は、砒素のことは、告げなかったが、奥さんは、うすうす気付いていたと思うといっていた。砒素のことは、知らないと思うが、夫の田中が、病死ではなく、ひょっとして、誰かに殺されたのではないかという疑惑は、持ったんじゃないかな。だが、誰が殺したかわからない。そこで、犯人を見つけ出すための脚本を書いた。それが、あの手帳の最後の言葉だよ。私の名前を書きつけたのは、田中伸彦本人だというが、奥さんの田中啓子じゃないか」

と、十津川は、いった。

「しかし、筆跡が」

「それは、彼女が、夫の筆跡だといっただけで、専門家の筆跡鑑定を受けたわけじゃないんだ。他のページの字とよく似ていたが、妻なら、真似るのは難しくなかったと思うよ」

「とすると、警部の名を知って、書きつけたのは、田中伸彦ではなく、妻の啓子ということになりますね」

「そうなってくる。彼女がどうして私の名前を知ったかわからないが、私のことを知って、利用しようと考えたんだろう。あの手帳には、見舞いに来た人の名前が、全部書き込んである。また、入院中、電話した人や、電話してきた人の名前もね。田中啓子は、そのなかに、犯人がいるに違いないと考えたんだろう。しかし、誰が犯人かわからない。それに、病院は病死としているから、警察に頼んで調べて貰《もら》うことも出来ない。たまたま知った私を利用することにしたんだろう。そこで、手帳の最後に、私の名前を書きつけた。亡くなった夫の名前で、葬儀には、この警視庁の警部を呼んでくれとね。そうすれば、私が、いろいろと調べてくれるのではないかと、考えたんじゃないかな」

と、十津川は、いった。

「しかし、警部が調べなかったら、どうするつもりだったんでしょう？」

亀井が、きく。

「私の詮索《せんさく》好きを、知っていたんだろうね。きっと、手帳とそれを書いた田中伸彦という人間に関心を持つと計算したんだ。それに、もう一つ」

「もう一つ、何ですか？」

「これは、考え過ぎかも知れないが、手帳を盗んだのも、彼女じゃないかと思うんだよ。私立探偵の高見に頼んだのは、彼女じゃないかとね」

と、十津川は、いった。

「まさか――」

「そう。まさかと思うが、依頼人が彼女と考えた方が、納得できるんだよ。手帳を渡した相手が、私だということを知っていたのは、田中啓子しかいないんだ。それに、私を利用することを考え、私を葬儀に呼んだとしても、そのあと、私が、関心を持ち続けるかどうかは、わからない。手帳に、『殺された』と、書いてあるわけじゃないからね。そこで、私に手帳を渡しておいて、それを高見に頼んで、盗ませる。そうすれば、いやでも私が、手帳に関心を持ち、盗んだ人間を探そうとするだろうと、計算したんだよ」

「じゃあ、高見を殺して、手帳を奪ったのも、田中啓子だということですか？」

と、亀井が、きいた。

「いや。高見は五百万円貰って、私から、手帳を奪うことを依頼されているんだ。まんまとそれに成功したあと、更に、高見が金を要求したとしても、啓子は、夫を殺した犯人を見つけたい一心だから、いくらでも払ったと思う」

「では、高見を殺したのは、誰ですか？」

「田中伸彦は、病死ということになっているが、病死でないことを知っている人間が、一人だけいた」

「砒素を飲ませた犯人ですね」

「そうだよ。その人間は、一人かも知れないし、複数かも知れないが、犯人は、田中伸彦の死が、病死でないことを知っているわけだよ。病死になったので、一応、ほっとしたと思うが、手帳のことは、気になっていたと思う。病床で、彼が丹念に手帳に書きつけていたことを知っていたろうからね。田中啓子は葬儀のあと、主な人たちに形見分けをし、その時、手帳は、警視庁捜査一課の十津川という警部に渡したといったんじゃないかな。もちろん、わざとだよ」

「犯人は、あわてるでしょうね」

「そこで私を追いかけたが、高見という探偵に、先を越されてしまった」

「それで、その犯人は高見から、手帳を奪おうとしたわけですね？」

「彼が私から手帳を奪ったのを知って、高見に接触したんだと思う。高見の方は、もっと金になると考えて、応じた。が、犯人は最初から、高見を殺すつもりだったと思うね。なぜなら、手帳を欲しがる人間が、田中伸彦に砒素を盛ったと思われるからだよ」

「その通りになったわけですね。高見は殺され、手帳は消えた」

「その通りだ」

「犯人は、高見の恋人の江口ゆきまで、殺してしまいましたが」

「犯人は、手帳に絡む人間は全て、口封じをしてしまいたかったんだと思うよ」

　と、十津川は、いった。

「江口ゆきは、『青葉の裏切り』というダイイングメッセージを残しましたが、これは、どう解釈しますか？　前にも、同じ疑問を、警部と考えましたが」

　と、亀井が、いった。

「今、私はこう解釈したんだ。田中啓子は高見に、手帳を奪ってくれと、五百万渡して頼んだ。自分の名前はいわなかったか、口外しないでくれと頼んだ。それで高見は、江口ゆきにいうとき、仙台の人とか、もっとあいまいに、青葉の人とかいっていたんじゃないかね。その人が、五百万もの大金を払ってくれた。仕事の少なかった高見にとっては、ありがたい客だった筈《はず》だよ。江口ゆきも感謝していたと思うよ。ところが、高見は殺され、江口ゆきも、放火され、重傷を負ってしまった。彼女はきっと、高見に依頼した人間が、口封じに彼を殺し、自分も殺そうとしたと考えたんだと思うね。名前はわからず、仙台の人とか、青葉の人としかわからないから、『青葉の裏切り』と、ダイイングメッセージを残したんじゃないのかね」

「今、肝心の手帳は、誰が、持っているんでしょう？」

と、亀井が、きいた。

「普通に考えれば、高見を殺して、手帳を奪った人間が、持っている筈ですが」

「確かに、そうなってくる」

と、十津川は、肯《うなず》いた。

だが、そのまま、黙ってしまった。

「何か考えておられるんですか？」

と、亀井が、きく。

「一つ疑問が、生れているんだよ」

「どんなことですか？」

「田中伸彦を殺した犯人が、手帳を手に入れたとする。それは、高見と、江口ゆきも殺してしまったんだから、もう安心したんじゃないかな。手帳を始末してしまえば、それで全てがオーケイの筈だからね。それなのに、仙台で新しい殺人事件が起きた。しかも、一千万円とか、二百万円の金が、動いた。どうみても、あの手帳を手にいれるいれないで、金が動いたとしか思えない。おかしいじゃないか。犯人の手に、渡っていないんじゃないのかと考えたんだよ」

「しかし、高見は殺されていますよ。手帳を売りつけようとして、殺されたんじゃありませんか？」

と、亀井が、きく。

「だから、犯人が口封じに殺したと考えてしまったんだ。だが、他の考え方もある」

と、十津川は、いった。

「聞きますよ」

「今までの推理でもう一つ、ミスしたと思うことがある。それは、高見が手帳の一ページを破って、丸めて持っていたことだ」

「それは、事実でしたよ」

「それを、犯人に殺されかけた高見が、とっさに、手帳の一ページを破って丸めて隠したと考えた」

「ええ」

「しかし、とっさに、そんなことが出来るものだろうか？」

「確かに、難しいですが――」

「もっと納得できる推理が、可能じゃないかと考えたんだよ」

「どんな推理ですか？」

「田中啓子は、私に手帳を渡しておきながら、その一方で、彼女は、高見に五百万円を渡し、私から、手帳を奪ってくれと頼んでいた」

「ええ」

「新幹線のなかで、私から手帳を奪ったら、啓子は、それをどうやって、受け取るか？」

「高見が仙台へ戻って渡すか、啓子が東京に来て、受け取るかしかありませんが」

と、亀井が、いった。

「啓子は喪主だから、仙台を離れられない。とすると、高見が仙台へ戻って渡すしかないんだが、もう一つ、簡単な方法があるんだよ」

「どんな方法ですか？」

「高見は新幹線のなかで、私から手帳を奪い、東京駅に着いたら、用意しておいた封筒に入れて、切手を貼る」

「郵送ですか」

「そうだよ。東京駅でポストに入れれば、ひとりでに啓子のところに戻る。そして、二度と会うこともない。だから彼女は、前金で五百万払ったんだよ。ところが高見は、私立探偵で金に苦労しているから、手帳に金の匂いを嗅《か》いだ。と、いって、約束なら、手帳は送り返さなければならない。そこでどうしたか？」

「無断で、手帳の一ページを破いて隠したんですね」

「そうだ。その一ページが、金を生むかも知れないと思ったんだろう。案の定、手帳を買いたいと接触してきた人間がいた。犯人だ。高見は、犯人に会った。手帳の一ページを見せ、手帳のありかも知っているといって、大金を要求するつもりだったと思うね。だが、犯人は高見と会うなり、いきなり殺してしまったんだ。犯人は、取引きするなんて気は最初からなかった。手帳を手に入れ、手帳のことを知っている人間の口を封じる気だったからね」

と、十津川は、いった。

「ところが高見は、手帳を持っていなかった」

「そうだよ。犯人は、高見の恋人が持っているかと考え、喫茶店ごと焼き殺してしまおうとしたんだ」

「犯人は、まだ、手帳を手に入れていないわけですね」

「今は、そう考えている」

「犯人は手帳が、今、何処にあると思っているんですかね？」

と、亀井は、いった。

「田中啓子は、私に手帳を渡した。だから彼女が、それをわざわざ取り戻したとは、思っていないだろう。だから、他の人間が、手に入れたと考えているに違いない」

「夫殺しの犯人を探す田中啓子にしてみれば、彼女の書いた脚本通りに、事態は動いているんじゃありませんか」

と、亀井は、いった。

十津川は、笑って、

「彼女の書いた筋書き通りかどうかはわからないが、彼女にとって、都合のいい方向に動いていることは、間違いないね。マスコミが、私が問題の手帳を奪われたことや、高見たちが殺されたことを報道しているからね。田中伸彦と関係のあった人たちの間に、ひょっとして、あいつが犯人じゃないかという疑心暗鬼が生れているに違いないからね」

「その空気のなかで、仙台で、殺人事件が起きてしまいましたね。あれに、田中啓子が、どう関係していると、お考えですか？ それとも彼女は、関係ないとお考えですか？」

「いや、関係していると思うよ。何しろ、彼女の書いた脚本なんだ」

と、十津川は、いった。

3

歩きつかれ、喋《しやべ》りつかれて、二人は仙台駅構内の喫茶店に入った。

コーヒーと、ケーキを注文する。

禁煙でないことを確めてから十津川は、煙草に火をつけた。

しばらく、二人は、黙っていた。

コーヒーを飲み、甘いケーキを食べ、十津川は煙草を二本、吸った。

「自分が田中啓子なら、どう動くだろうかと考えてみた」

と、十津川は、いった。

「自分が、手帳を持っていると話すのは、危険だ。犯人に狙われる恐れがあるからね。もう一つ、戻ってきた手帳を調べて、一ページ破られているのに、気付いた。が、そのことは、公けになっていない」

「われわれが、秘密にしていますから」

「そこで啓子は、その一ページを参考にすることを考えた」

「どう考えたんですか？」

「これはあくまでも、私の勝手な推理だよ」

と、十津川は、断わってから、

「何も書いてない手帳の一ページを破いて、それに、夫の筆跡をマネて、ありそうなことを書いた。それを、殺された池宮議員に渡したんだと思うのだ」

「なぜ、池宮議員にしたんでしょうか？」

「彼は、選挙が近づいて、金が必要だった。そんな時、後援会の人間で、大事な金蔓《かねづる》の田中を殺す筈《はず》がないから、彼はシロと、啓子は考えたんだろう。そこで、儲《もう》け話を池宮に持ちかけた」

「どんな儲け話でしょうか？」

「池宮に、自分の作った一ページを渡して、こう話すんだ。手帳は、何者かに盗まれてしまったが、実は内密で、一ページだけ破っておいた。手帳を奪った犯人は、きっと、一ページ抜けているのを知って、青くなっているに決っている。だから、あなたはこの一ページを、みんなに見せびらかして欲しい。そうすると、欲しがって、連絡してくる人間が必ずいる。その相手に売りつければ、選挙資金の足しになると、話す。もし売れなくても、私が、選挙資金を出してあげるといって、一千万円を、池宮に渡した」

「そのあとは、どういうことですか？」

「池宮はいわれた通りに、周囲の人間に一ページをそれとなく、見せびらかした。やがて、池宮に連絡が入って、その一ページを高く買うと、いってきた。池宮は、それを啓子に報告する」

「その電話のやりとりを、芸者が、聞いていましたね」

「そうだ」

「その会話は、手帳に書きつけてあるんですよ」

と、亀井が、いった。

「私もだ」

と、十津川もいい、お互い手帳を広げて、その会話を確めた。

〈ちゃんと用意してありますよ〉

〈ああ、わかってます〉

〈そんなことまでするんですか？〉

〈わかりました〉

　これは、電話中の池宮信成の言葉である。

　当然、この一行一行に対する相手の言葉がある筈だが、これは、想像するより仕方がない。

「この時、池宮の言葉が丁寧だったので、相手は目上の人間か、地位の高い人間と、考えてしまったんだ」

　と、十津川は、いった。

「そうです。池宮が市会議員なので、相手は後援会長かと考えたりもしました」

「しかし、相手が女性のケースもあるわけだよ。特に友人の奥さんに対して、日本人というのはたいてい、丁寧に喋るからね。私だって、カメさんの奥さんに対しては、自然に丁寧な口調になってしまうからね」

「そういえば、田中伸彦は、池宮の高校と大学の同窓でしたね。だから、啓子はぴったりの相手なわけです」

　と、亀井は、いった。

　もう一つの問題は、電話の相手が、啓子だとして、どんなことを、池宮にいったかである。

啓子「私の渡した一千万円は、そこにありますね？」
池宮「ちゃんと用意してありますよ」
啓子「ちゃんと、相手の話を聞いて来て下さいね？」
池宮「ああ、わかってます」

ここまでは何とか、想像が出来るが、次の一行が、難解だった。

啓子が、何をいい、それに対して、池宮が、「そんなことまでするんですか？」と、きいたのか。

「本人の田中啓子に、きいてみたら、どうでしょうか？」

亀井が、いい、十津川は、苦笑して、

「彼女は、否定するに決ってる。カメさんだって、わかっているだろう？」

「そうです。よくわかっていますが、どうしても手っ取り早くと考えてしまいます」

「だが、考えてみようじゃないか。知恵を絞ってだ」

と、十津川は、いった。

「しかし、どう考えたらいいんでしょう？」

「今までと同じだよ。田中啓子の身になって、考えるんだ。彼女は、夫を殺した犯人を探して、池宮を使って、罠《わな》をかけた」

「そこまでは、わかります」

「犯人が、それに食いついて来て、池宮に接触してきた」

「そうです」

「いよいよ、池宮が、犯人と会うことになった。啓子としたら、何が欲しいだろう？」

「私なら、犯人の正体ですね。手帳を欲しがっている人間の正体です」

「その通りだ。とすると、彼女は何を、池宮に頼むだろう？」

「相手の写真を撮って来てくれと頼む」

「いいね。ただ、相手も警戒しているから、難しいし、誰かに頼まれたというかも知れない」

「となると、相手の名前と、手帳を欲しがる理由を知りたいですね。それをうまく喋らせて、それを――そうだ。会話の録音ですね」

と、亀井は、いった。

「そうだよ。今のボイスレコーダーは小さくて、長時間録音できる。カメラで相手の写真を撮るより、はるかに楽だから、啓子は、それを頼んだんだと思うんだよ」

と、十津川は、いった。

そして、彼が考えた、電話の会話は、こうなった。

〈相手との会話を録音して来て下さい〉

〈そんなことまでするんですか？〉

〈手帳を欲しがる理由を喋らせてね〉

〈わかりました〉

4

「まだ一つ、わからないことがありますが」

と、亀井が、いった。

「どんなことだ？」

「池宮は、田中啓子から一千万円を貰《もら》って、そのなかの二百万を持って、犯人に会いに行って、殺されてしまったわけですよ。彼は、なぜ、そんなことをしたんですかね？　それが、どうにもわからないのです。われわれの推理でいうと、田中啓子が、池宮に、手帳の一ページを渡して、欲しがる人間を探させたということになります。そうしたら、連絡して来る人間が出た、ということでしょう」

「そうなってくるね」

「と、すると、池宮は、売り手なわけですよ。それなのになぜ、池宮は、二百万円を持って行ったんでしょうか？」

「それは、こういうことだと思うね。啓子は、自分は、手帳は持っていないと話していた。ということは、池宮にしてみれば、連絡してきたのは、手帳を持っていて、そのなかの一ページが失《な》くなっているので、その一ページを買おうとしていると考えたとしても、おかしくはない」

「ええ」

「池宮は、政治家だ。それに、いくらでも、金が欲しかった。それで、こう考えたんじゃないかね。啓子は、一ページを売るのに、一千万円をくれた。となると、もし、手帳が手に入ったら、何千万円も、手に入るのではないかとね。そこで、池宮は、相手から、手帳を買い取ろうと考えたんじゃないか」

「しかし、なぜ、二百万円で、一千万全部、持って行かなかったんでしょうか？」

「まず、取引きを考えたんだろう。一千万で手に入れて、それ以上の金額で売れなかったら、元も子も失くしてしまうからね。そこで、まず、二百万ぐらい出してみようと思ったんじゃないかな」

「では、池宮は、田中啓子を裏切ったことになりますか？　彼女は、手帳の一ページを買おうとする人間が誰なのか、調べてくれといったのに、手帳を手に入れて、それで大金を儲《もう》けようとしたんですから」

　と、亀井は、いった。

　十津川は、小さく、首を横に振った。

「もともと、田中啓子自身が、嘘をついているからね。私の推理では、現在、手帳を持っているのは、田中啓子自身なんだ。それなのに、その一ページだけを犯人に売りつけようとしているんだからね。とにかく、彼女は、手帳を欲しがっている人間が誰なのか、知りたいだけなんだ。そのために、池宮に嘘をついて、利用した。だから、池宮が、彼女を欺《だま》そうとしても、啓子は、文句をいえない筈《はず》だ。ただ、池宮はそのために、命を落してしまったんだと思うがね」

「これから、どうしたらいいんですか？」

と、亀井は、きいた。

十津川は、新しい煙草に火をつけた。

「ここまでの話は、あくまでわれわれの推理だからね。証拠はない。だから田中啓子にきいても、否定されたら、それ以上、追及は出来ないんだ」

「確かに、そうですね」

「だが、池宮が殺されてしまって、彼に声をかけて来た人間が誰なのか、啓子にもわからなくなったわけだよ」

と、十津川は、いった。

「そうなると、彼女はこのあと、どんな行動に出ると思われますか？」

亀井が、きく。

「カメさんが彼女なら、どうするね？」

十津川が、きき返した。

「彼女は、夫の死因に疑いを抱き、何としてでも、犯人を見つけ出したいわけだと思うのです。ここまでは失敗だったが、それで、諦《あきら》めるとは考えられません」

「諦めないだろうね」

「しかし、これ以上、犠牲者が出るのも困ります」

と、亀井は、いった。

「それは正論だ」

「県警に全て話したら、どうでしょうか？」

「県警にか」

「R病院の沢木医師も、死んだ田中伸彦の体内から、砒素《ひそ》が検出されたことを認めたんです。警視庁のわれわれには、所管外ですが、県警なら、今から、捜査することが出来る筈です。警察が、動き出したら、彼女も諦めて、警察に委《まか》せるんじゃありませんか」

「正論だよ」

と、十津川は、いった。

二人はその足で、杉浦警部に会いに行った。

杉浦は、十津川の話に、驚きを隠さなかった。

「本当なら、池宮殺しの捜査方針も変える必要があります」

と、杉浦は、眼を光らせた。

「間違いありませんよ。田中伸彦の死亡診断書を書いた沢木という医者が、遺体から、砒素を検出したと、私たちにいったんですよ」

と、十津川は、いった。

「とにかく、私も沢木医師に会って、確認してみます」

と、杉浦は、いった。

突然のことだから、杉浦が慎重になるのも、よくわかった。

翌日になっても、杉浦から、何の話もなかった。

新聞にも何も載らないし、宮城県警が、捜査方針を変えた様子もなかった。

二日後に、それとなく話を聞こうと、杉浦を訪ねると、

「あれは、駄目でしたよ」

と、いきなり、いわれた。

「どういうことですか？」

「あれからR病院を訪ねて、沢木医師に会いましたよ。けんもほろろでした。十津川さんに、そんな話をしたことはないと、きっぱりいわれました。田中伸彦さんの遺体を、解剖したこともないし、まして、砒素が検出されたことなどないといわれましてね」

「沢木医師は、嘘をついていますよ。私と亀井刑事には、間違いなく、砒素が検出されたといったんです」

十津川が、いった、が、杉浦は更に、

「田中啓子にも会って来ましたよ。当然、彼女も、夫の死因に疑問を持っているんだろうと思いましてね。ところが、彼女は病死で納得していて、何の疑問も持っていないというのですよ。だから、夫の死について、調べ直したこともないと、いっていましたよ」

「嘘ですよ」

と、亀井が、いった。

「しかし、当人が、疑問を持ってないというんだから仕方がありませんよ。それから、こういうことも、いっていました。夫が残した手帳に、十津川さんの名前があったので、記念にと思って、渡したところ、十津川さんは失くしてしまった。それで、あれこれ、勘ぐって考えているんじゃありませんか、とですよ」

と、杉浦は、いった。

「そんなことも、いってるんですか？」

「嘘ですか？」

「いや。手帳を失くしたのは、事実です」

「じゃあ、彼女は、本当のことをいってるということじゃありませんか。田中伸彦のことを、一番よく知ってる奥さんが、病死に間違いないといっているし、医者も、砒素のことなど、知らないといっているんです」

「二人とも、嘘をついていますよ」

と、十津川は、いった。

「なぜ、そんな嘘をつく必要があるんですか？　未亡人と、医者にですが」

杉浦が、負けずに、いい返す。

「田中伸彦の急死に、妻の啓子は、疑問を持っているに違いないんです。沢木医師は、大さわぎになるのを心配して、砒素のことは、話さなかったといっていますが、啓子は、疑問を持ったに違いないんです。それは、沢木医師もいっていました。夫が、病死でなく、殺されたのではないかと考えた彼女は、犯人探しを始めたんですよ」

と、十津川は、いった。

「それなら、なぜ、警察にいわなかったんですかね？　その時に話してくれていたら、われわれが、遺体の司法解剖をしていましたよ」

と、杉浦は、いった。

「犯人を、自分で、見つけ出す気なんでしょう」

「つまり、彼女は、警察を信用していないということですか？」

杉浦が、十津川を、睨《にら》んだ。

「田中伸彦は、手帳を遺《のこ》しました。それには、見舞いに来た客の名前が、残さず書いてあった。そのなかには、市長の名前を始め、仙台の有力者がずらりと、書いてあったんです。警察署長や、公安委員の名前もあったんじゃありませんかね。だから、警察は、二の足を踏むのではないかと思って、自分で犯人を探す気になったのかも知れません」

十津川は、少しきついことを、いった。

こうなると、杉浦も、むっとした顔になって、

「もし、田中伸彦が殺されたのなら、身内に嫌疑がかかっても、引いたりはしませんよ」

と、いった。

「しかし、田中伸彦が殺されたとは、思えないわけでしょう？」

「奥さんも、医者も、否定していますからね。疑惑もないのに、警察は動けませんよ」

と、それが結論のように、杉浦は、いった。

十津川と、亀井は、捜査本部を出た。

「あの医者の奴、また、尻込《しりご》みをしやがって」

と、亀井が、怒りを籠《こ》めて、いった。

「やはり、自分たちの責任になるのが、嫌だったんだろう」

と、十津川は、いった。

「しかし、田中啓子は間違いなく、夫を殺した犯人を見つけ出す気ですよ。もう引っ返せないんじゃありませんか」

「そうだな。すでに三人の人間が、殺されているからな」

と、十津川は、いった。

第五章　駆け引き

1

十津川は、しばらく考えてから、田中啓子に会うことを決めた。

どうせ彼女が、本当のことをいう筈《はず》はないとは思う。だから今は、会わない方がいいだろうと考えていたのだが、気が変わったのだ。

殺人がすでに、三件起きている。

直接、啓子が、手を下したとは思わないが、彼女が動いたために起きた殺人事件であることは、間違いなかった。

今後も、彼女は、夫を死に追いやった犯人を見つけ出そうとして、動くだろう。そして、また、新しい殺人が起きる可能性があった。

それは、止めてやる必要がある。この辺で、釘《くぎ》を刺しておく必要がある。

そう思ったのだ。

「いうことを聞くかどうか、わかりませんよ」

と、亀井が、いう。

「わかっているよ」

と、十津川は、苦笑して見せた。

「それでも、お会いになりますか？」

「勝手に、亡くなった夫の仇討《あだう》ちをさせられないからね」

と、十津川は、いった。

二人は、彼女の店へ行き、近くの喫茶店に、呼び出した。

「なかなか、お忙しいようですね」

と、十津川は、いった。

啓子は、笑顔で、

「亡くなった主人に負けまいと思っているんですが、力が足りず、四苦八苦しています」

と、いった。

「いや、ご立派ですよ。私たちとしては、商売に専念して頂きたいと思います」

と、十津川は、いった。

「商売に専念しているつもりですけど」

と、啓子は、いった。

「それなら、安心ですが」

「奥歯に物がはさまったようなおっしゃり方ですけど」

と、啓子が、眉《まゆ》を寄せた。

「正直に申しあげますが、怒らずに聞いて頂きたい」

「ええ。お聞きしますわ」

「ご主人の田中さんの亡くなり方には、疑問がある。あとで否定しましたが、田中さんの死亡診断書を作った医者は、私たちに、遺体から砒素《ひそ》が、検出されたといいました。あなたも、聞いたんじゃありませんか。それで、あなたはご主人が、何者かに殺されたと思った。そうですね？」

と、十津川は、いった。

啓子は、黙っている。

十津川は、言葉を続けた。

「だが、あなたには、誰が、ご主人を砒素で殺したかわからなかった。唯一わかるのは、見舞客のなかに、砒素を盛った人間がいるということです。ただ、交友関係の広い田中さんの入院した病院には、沢山の人が、見舞いに来ている。その名前は、田中さんが残した手帳のなかに、記入されていた。そのなかから犯人を見つけ出すには、どうしたらいいのか。あなたは、ずいぶん考えたと思いますね」

「――」

「そして、あなたは、こんな風に考えた。地元の警察は、頭から病死と思っているから、訴えても、取り上げては貰《もら》えない。ご主人の友人、知人に相談したくても、その相談した相手が、犯人かも知れません。あなたは考えに考えたあげく、一つの計画を立てた」

「あなたは、ご主人の遺《のこ》した手帳の最後に、ご主人の筆跡を真似て、こう書いた。葬儀には、警視庁捜査一課の十津川省三を、呼んでくれとです。なぜ、あなたが、私の名前を知っていたのかわかりません。多分、週刊誌か何かで、見たんだと思いますね。あなたにとって、私でなくても、刑事なら良かったんですよ。刑事というのは、仕事柄、詮索《せんさく》好きですからね。私も、興味を持った。あなたの計画に引っかかって、ご主人の葬儀に参列したのです」

「――」

「あなたは、私に会うなり、ご主人の遺した手帳を見せた。私が見ると、なるほど、私の名前が書かれている。あなたが、頭のいいところは、その手帳を、あっさり、差し上げますと、私にくれてしまったことだ。あの時点で、誰だって、あなたが、深い企《たくら》みを持っているなどと考える人はいませんからね。私も、あなたが、本当に、手帳に関心がないのだと思ってしまった。ところが、あなたは、私に手帳を渡しておいて、かげで、東京の私立探偵・高見明に頼んで、手帳を私から奪わせようとしていたのです。冷静に考えてみれば、あなたが、手帳を私に渡したことは、他の人は知らない筈ですから、帰りの新幹線のなかで、私から手帳を奪うのは、あなたしかいない筈なのです。しかし、私に渡しておいて、また、あなたが奪うなどということは、誰も考えませんよ。私も考えなかった。列車のなかで、私から、手帳を奪った高見明は、東京駅で降りると、すぐ、用意した封筒に入れ、あなた宛てに、投函《とうかん》したんだと思います」

「――」

「私は、当然、なぜ、手帳が盗まれたのか、必死に考えた。ひょっとすると、あの手帳に、何か大きな謎がかくされているのではないか。少なくとも、手帳が、刑事の私に渡ると困る人間がいるのだと、私は、考えました。そして、その謎を解こうと考えた。ここまでは、多分、あなたの計画した通りになったんだと思いますね。しかし、予定外のことも起きたのです」

「――」

「あなたは、五百万を高見に払って、手帳を盗ませた。ところが、高見は、約束通り、手帳を、ポストに投函したものの、ちょっと助平心を出して、手帳の一ページを破いて、丸めて、ポケットにかくしてしまったのです。それが、ひょっとすると、高く売れるんじゃないかと考えたんでしょうね。或《ある》いは、あなたが、一ページ破れているのに気がついて、連絡して来たら、その一ページを、あなたに売りつけようと考えたのかも知れません。ところが、東京で、高見に接触して来た人間がいたのです。その人間は、あなたのご主人を砒素で殺した犯人か、その仲間だと考えられます。その人間は、あなたの動きをじっと、監視していたと思いますね。あなたが、ご主人の死に疑問を持つかどうか、どこまで知っているか、じっと、観察していたと思います。それで、あなたが、妙な男、東京の私立探偵を呼び寄せて、何か話していたり、東京の刑事の私が、葬儀に参列したりしていることに引っかかっていたと思いますね。それで、その犯人か、或いは、仲間が、同じ新幹線で、私と、高見と東京に向かったと思います。私と、高見を観察していたと思います。高見が、私を眠らせて、手帳を奪ったのを見ていたかどうかはわかりません。とにかく、その人間は、東京で、高見を、井の頭公園に呼び出したのです。そして、あなたに何を頼まれたのかをきいた。高見は、手帳を奪ったのを目撃していれば、それを寄越せと迫ったと思います。しかし、高見は、投函してしまっていました。犯人は、金をやるといったかも知れませんが、高見は、肝心の手帳を持っていなかったのです。犯人にしてみれば、欲しいものは、手に入れたいし、顔を見られているので、背後から、刺して、殺してしまったのです」

「――」

「犯人は、自分の欲しいものは、高見が、自分の恋人、江口ゆきに渡したに違いないと考えたんだと思います。それに、何を高見が、彼女に話しているかわからない。そこで犯人は、こう考えたんじゃないか。いっそのこと、江口ゆきごと、全て灰にしてしまおうとです。だから、彼女の喫茶店に放火し、焼き殺そうとしたのです」

「――」

「ただ、江口ゆきは、即死はしなかった。瀕死《ひんし》の状態で、病院に運ばれました。しかし、彼女は、手帳を持っていなかったし、高見から聞いていたのは、五百万円で、仙台の人から、仕事を頼まれたということだけだったと思います。それで、死ぬ間際に彼女は、自分たちを殺したのは、高見に仕事を頼んだ仙台の人間だと思ったに違いありません。それで、ダイイングメッセージが、アオバノウラギリになったのだと、私は考えます」

「――」

「この頃から私は、肝心の手帳は、あなたの手元にあるのだと考えるようになったのですよ」

「でも――」

と、初めて、啓子は、口を開いた。

「私は、十津川さんに、手帳をお渡ししましたわ」

「そうです」

「すぐ取り返すのなら、なぜ、十津川さんに渡したりしますか？　おかしいじゃありませんか」

と、啓子は、いった。

2

「私は新幹線のなかで、パラパラと眼を通しただけだが、あの手帳にあなたのご主人は、犯人を誰だと特定してはいなかったと思う。ただ、見舞いに来た人の名前を書いているだけでした。もちろん、そのなかに犯人がいるわけだが、誰かはわからない。あなたにしても、同じ考えだと思うのです。このままでは、主人を殺した犯人は、わからない。どうしたら、犯人がわかるのだろうかと、あなたは考えた。そして、計画を立てたに違いないのです。それは、手帳に価値を持たせることだったに違いないのです。そのために、刑事の私も利用した。私立探偵の高見も利用した。そうでしょう？」

「――」

「警視庁の刑事が、手帳のことで調べ回ったり、私立探偵が殺されたりしたので、犯人は疑心暗鬼になった。問題の手帳には、田中さんが、自分を殺そうとする犯人の名前を書きつけていたんじゃないか。具体的に名前は書かなくても、匂わせているんじゃないかとです。犯人は怯《おび》え、必死になって、何処にあるかわからない手帳を探すことになったわけです。ここまでは、あなたの思い通りに進んだわけですよ」

「――」

「だが、まだ犯人は、特定できない。そこであなたは、次の段階に取りかかったのです。ご主人の友人で、市会議員の池宮信成に一千万円を渡して、問題の手帳を持っている、売りたいといったことを、容疑者たちの耳に入るようにさせたのです。池宮は、選挙資金が必要だったので、あなたのいわれるままに、動いたのです。あなたは手帳の一ページを破いたか、コピーを作ったかして、池宮に持たせて、その話を、本当らしく見せることもしたんです。あなたの予想どおり、ある男が、池宮に接触してきました。そこで、あなたは池宮に、相手の顔写真を撮るか、会話を録音してきてくれと、頼んだのです。それで、ご主人を死なせた犯人がわかると思ったのでしょうね。ところが池宮は、何者かに殺されてしまったのです」

「――」

「どうですか？　ここまでの私の推理は、当たっていますか？」

十津川は、じっと、啓子を見つめた。

彼女は、ちらりと、宙に眼をやった。

「どうなんですか？」

と、亀井が、睨《にら》んだ。

ふと、啓子の口元に微笑が、浮かんだ。

「楽しいお話をありがとうございました」

と、啓子は、いった。

「何だと！　私たちを、からかっているのか？」

亀井が、眼をむいた。

十津川は、それを、おさえて、

「楽しいですか？」

と、啓子に、きいた。

「ええ。楽しかったですよ」

「理由をいいたまえ！」

と、亀井が、声を大きくした。

啓子は、落ち着いた声で、

「主人が亡くなってから必死になって、主人の残した商売を守ってきました。苦しいだけで、楽しいことなんか、何もありませんでした。お二人から、久しぶりに、楽しいお話を聞かせて頂いて、ほっとしたんです。嘘じゃありませんわ」

「どう楽しいんです？」

と、十津川が、きいた。

「主人が遺《のこ》した手帳のことですけど」

「ええ」

「あのなかに、私のことを愛しているとか、そういった言葉があれば、私も、主人の形見として、大事に取っておきますわ。でも、何も書いてなかった。書いてあるのは、何日、何時に、誰々が見舞いに来たとか、電話があったとか、そんなことだけでした。その上、最後には、私の知らない十津川警部さんの名前が、書いてあったんです。そんな手帳を持っていたって、仕方がないから、十津川さんに差し上げたんですよ。それだけです。それなのに、十津川さんは、私が、何か企《たくら》んでいるとか、手帳に大事な意味があるとかいわれても、困ってしまいます。でもお話としては、とても面白くて、聞いていて、楽しかったですよ」

と、啓子は、いった。

「これから、どうするつもりですか？」

十津川が、きいた。

「これまで通り、主人の残した商売を守って行くつもりですわ。出来るかどうか、わかりませんけど」

「あなたの周りで、もう三人の人間が、殺されているんですよ。東京で二人が死に、仙台で一人殺されています」

と、十津川は、いった。

「私に関係ありませんわ」

と、啓子は、いった。

「ご主人の手帳は、今、お持ちになっていますね？」

「いいえ。持っていませんわ。十津川さんにお渡ししてから、見ていませんけど」

と、啓子は、いった。

「困ったな」

と、十津川は、呟《つぶや》いてから、

「あなたが、ご主人を殺した犯人を見つけたいという気持ちはわかりますが、われわれとしても、これ以上の死者が出ることは、見過ごすわけにはいかないのですよ」

「別に、私が、事件を起こしているわけじゃありませんわ」

「確かに、あなたは手を下してはいない。しかし、事件の原因を作っている。それも、亡くなったご主人の仇《あだ》を討ちたいという欲望のためにです」

と、十津川は、いった。

「いいえ。仇討ちなんて、そんなことは、何も考えていませんわ。もし、あくまでも、そうおっしゃるのなら、証拠を見つけ出して下さいな。主人が、病死ではなく、殺されたという証拠を見つけて下さい」

「それも、あなたの狙いですか？　私たちは、ここまで事件に巻き込まれてしまったから、警視庁の面子《めんつ》にかけても、事件を捜査し、真相を明らかにするつもりです。これも、あなたの狙いだったんでしょう？」

十津川が、苦い笑い方をした。

「これからお店のことで、人に会わなければなりませんので、失礼しますわ」

と、啓子は、立ち上がり、店を出て行った。

亀井は、その後姿を見送ってから、

「しぶとい女ですね」

と、舌打ちした。

「しかし、頭のいい女だよ」

「そうでしょうか」

「少なくとも私を、いや、私たちを、事件に巻き込んだ。夫を殺した犯人探しのゲームにだよ」

と、十津川は、いった。

「彼女が引きずり込んだにしろ、殺人事件ですから、われわれは逃げられませんよ」

と、亀井は、いう。

「何だか楽しそうだな。カメさんは」

十津川が、いうと、亀井は、

「そんなことはありませんが、謎解きには、興味があります」

「謎解きか」

「これから彼女が、何をする気なのか。それに、興味があるんです」

「私も、興味があるよ。何を企んでいるかもね。だが、人が殺されるのは、もう、中止させなきゃならん」

「その点は、同感です」

「彼女は、何を考えているんだろう？」

「彼女は、問題の手帳を持っているわけでしょう？」

「そうだ。彼女が持っている筈《はず》だ」

「それなら今まで通り、手帳を最大限に生かそうとするんじゃありませんか」

と、亀井は、いった。

一瞬、十津川は考え込んだ。そのあとで、

「手帳だがね。私の見た限り、田中伸彦を殺した犯人の名前は、書いてはなかった」

「そういわれましたね」

「だから、啓子も困って、いろいろと企んでいるんだ。だが――」

「だが、何です？」

「彼女が、手帳に犯人の名前が書かれていないと知って、私を利用したり、いろいろと、策略を使った」

「ええ」

「だが、なぜ、犯人が手帳のことで、あたふたするんだろう？　犯人を特定もしていないのにだ」

と、十津川は、いった。

「それは犯人が、手帳に、自分の名前が書いてあると、思い込んでいるからじゃありませんか。だから必死になって、手帳を手に入れようとするんですよ。人を殺してでも。手帳が、命取りになりますから」

亀井が、自信満々に、いった。

「それは、おかしいよ」

と、十津川が、いった。

「おかしいですか」

「いいかね。もし手帳にはっきりと、犯人の名前が指摘されていたのなら、啓子は、すぐ、それを警察に提出している。そして犯人は、警察に逮捕され、事情聴取を受けている筈だよ。だが、そんなことは、全くなかった。ということは、犯人も手帳の内容を、だいたい知っていることになっているんじゃないかね」

と、十津川は、いった。

「しかし、犯人は必死になって、手帳を手に入れようとしているんでしょう？」

「そうだ。だから池宮が、殺された」

「それならやっぱり、犯人は手帳に、自分が犯人と書かれてあると、思い込んでいるんじゃありませんか？」

と、亀井は、いった。

十津川は、小さく、肩をすくめて、

「堂々めぐりだな」

「そうですね」

「もう一回、確認しよう」

と、十津川は、いった。

「いいですよ」

「その前に、もう一杯コーヒーが、欲しいね」

「同感です」

十津川は、ブラックで、二杯注文した。

3

「繰り返しになってしまうんだが、もう一度、確認していこう」

十津川はそういって、コーヒーを口に運んだ。

「いいですよ」

と、亀井も、コーヒーを飲む。

「仙台の病院で、田中伸彦が死んだ。病死ということになったが、本当は何者かが、彼に砒素《ひそ》を、飲ませたのだ」

「結構です」

「妻の啓子は、夫の死因に疑いを持った。しかし証拠はない。唯一、彼女が手にしたのは、夫がつけていた手帳だ。日記形式の手帳で、それには、見舞いに来た人名と、電話記録などが書かれていたが、自分が誰に殺されるとは書いてなかった。つまり、犯人の特定は、全くなかったんだ。これでは、何の役にも立たない。その上、地元の警察は病死として処理しているから、頼りにならない」

「そこで、警部を巻き込むことを、彼女は考えたんですね」

「見事に私は欺《だま》されて、事件に巻き込まれてしまった。その上、手帳に付加価値をつけた」

「だから犯人は必死になって、手帳を手に入れようとしているんじゃありませんか？　犯人も、彼女に欺されているんですよ。手帳に犯人として、自分の名前が書かれていると、思い込んでしまったんです。彼女の計画が、成功したんですよ」

と、亀井はそれが、結論のようにいった。

十津川は、今度は煙草に火をつけた。事件が難しくなってくると、どうしても煙草を、吸ってしまう。おかげで、なかなか禁煙できないのだ。

「この事件の犯人を、カメさんは、バカだと思うかね？」

と、十津川は、いった。

「いいえ。そうは、思いませんが」

「と、すればだ、今、手帳が、誰の手にあるにしろ、もし、それに、犯人の名が書かれているのなら、今頃、自分は警察の訊問《じんもん》を受けているか、大金をゆすられている筈だと考えるよ」

「ええ」

「だが、今のところ警察も来ないし、大金をゆすられてもいないんだ」

「ええ」

「つまり、手帳に犯人が誰かと、書いてないということなんだよ。犯人は、バカじゃないから、それは、わかる筈だ」

と、十津川は、いった。

「そのあともまた、同じことになってしまいますよ。それにも拘《かか》わらず、犯人は、池宮を殺してしまった。それは、手帳を何とかして、手に入れたかったからだ、とです」

「参ったな」

と、十津川は、呟《つぶや》いた。

「こう考えてみたらどうでしょうか？」

亀井が、提案した。

「どんな風にだ？」

と、十津川が、きく。うまく頭が回転してくれないと、煙草がどんどん苦くなってくる。

「警部の推理も、正しいんですよ」

と、亀井は、いった。

「しかし、犯人が何とかして手帳を手に入れようとしていることも、間違いないんです」

「だから、どうなるんだ？」

「今、手帳は、彼女が持っているんだと思います」

「そうだ」

「しかし、手帳には犯人の指摘がないから、このままでは、夫の仇討《あだう》ちは出来ません」

「ああ」

「ところが犯人は、手帳が自分の命取りになると思って、怯《おび》えているんです」

「だから、何故かということなんだ」

「警部は、手帳には、何月何日に、誰々が、見舞いに来たという記入しかないといわれましたね？」

「その他、電話での友人、知人とのやりとりも書かれている。しかし、その内容は書いてないんだ。何月何日、誰々と電話としか書かれていない」

「それじゃありませんか」

と、亀井が、いった。

「それって、何のことだ？」

「田中は、見舞客の誰かに砒素を盛られて、殺されたわけでしょう。例えば、Aが、六月一日に見舞いに来たと手帳に書いてあったとします。カルテで、その直後に病状が悪化となっていれば、Aが、犯人ということになります。犯人は、それで、手帳を手に入れようとしているんじゃありませんか？」

「なるほどね。だが、違うな」

と、十津川は、いった。

「違いますか？」

「カメさんも知っているように、砒素というのは、遅効性の毒だ。その日に飲ませて、すぐ効く場合もあるが、時間をおいて、効いてくることが多い。となると、田中の容態が六月一日に悪化しても、前日の五月三十一日に、砒素を飲まされたのかも知れないし、三十日か、もっと前かも知れない。更に犯人は、少量の砒素を、少しずつ、飲ませていたのかも知れないじゃないか」

　と、十津川は、いった。

「そうかも知れませんね」

　と、亀井は、ぶぜんとした顔になって、

「考えてみれば、犯人は、田中の容態が急変するほど、一時に、大量の砒素を飲ませる筈《はず》がありませんね。すぐ疑われてしまいますからね」

「ますます、わからなくなってきたよ」

　十津川は、渋面を作って、煙草をもみ消した。灰皿の上に、吸殻がたまっていく。

「田中は地元の有力者だから、毎日、見舞客が来ていた。手帳が、人の名前で、埋まっていたからね。犯人が、一度に砒素を飲ませたくないので、少しずつ飲ませていたとすると、なおさら、犯人を特定できなくなる」

「一層、何回も見舞いに行っていた人間が、一番怪しくなってくるかも知れませんね」

　亀井がいうと、十津川は、笑って、

「そうなったら妻の田中啓子が、一番怪しくなってしまうよ。毎日のように、見舞いに行っていたようだし、砒素を飲ませるチャンスも、一番あったわけだからね」

　と、いった。

「もしかすると――」

　と、亀井が、急に、声をひそめた。

「駄目だよ。妻の啓子が、犯人だというのは」

と、十津川が、いった。

「しかし、警部が、今、いわれたじゃありませんか。彼女が、何か企《たくら》んでいるのは、間違いないと。夫婦の問題というのは、外からはわかりません。入院した夫の田中を、妻の啓子が、砒素で殺害した。しかし、その死因に疑問を持つ者がいた。そこで啓子は、自分以外の者に、疑いの眼を向けるために、あれこれ策略を立てて実行している。そういうことも、考えられるんじゃありませんか」

と、亀井は、いった。

「確かに、考えられないことじゃないが、それは理屈に合わないよ。死因に不審を持った人がいたかも知れないが、田中伸彦の死は、病死と断定されたし、地元の警察も動いていない。もし、啓子が犯人なら、下手に動く必要はなかったんだよ。問題の手帳は、柩《ひつぎ》のなかにおさめて、茶毘《だび》に付してしまえば、すむことなんだ。違うかね？」

「確かに、そうかも知れませんが、いぜんとして手帳の謎は、残ってしまうわけでしょう？　彼女が、犯人でないとするとです」

と、亀井は、いった。

「やはり、問題は、手帳そのものに、かかってくるんだよ」

十津川は、一枚のコピーをポケットから取り出した。

殺された高見明のポケットに、小さく丸めて入っていた手帳の一ページを、伸して、コピーしたものだった。

「他のページも、だいたい似たような記入だったのは、覚えているんだよ」

と、十津川は、いった。

裏表で、十四日分の日記システムのページになっている。

その枠のなかに、見舞いに来た人の名前が、書き込まれているのだ。

約束したが、急用が出来て来られなくて、携帯で詫《わ》びてきた人の名前も記入されていた。

どの名前も、市や県の有力者である。

「他人を、中傷するような言葉は、全くありませんね」

亀井は、感心したように、いった。

「田中伸彦という人は、誰に聞いても、悪口は聞かれないんだ。死者に対する礼儀というわけではなく、本物の人格者だったらしい。仕事の面では、厳しいところもあったようだがね」

と、十津川は、いった。

「となると、なぜ、入院中に砒素《ひそ》を盛られたのかということも、謎になってきますね」

と、亀井は、いった。

「そうだよ。いよいよ、わからなくなってくる」

と、十津川は、いった。

わからないままに、時間が経過していく感じになった。

宮城県警は、池宮殺しについて、捜査を続けたが、これといった容疑者は見つからず、困惑していた。

田中啓子は、十津川たちの警告が効いたのかどうか、商売にだけ、専念しているように見えた。

十津川と亀井は、いったん東京に戻り、代わりに、西本と日下の二人を、仙台に派遣した。

東京では引き続いて、高見明と江口ゆきの殺人についての捜査が続けられたが、こちらも、壁にぶつかっていた。

ただ、そのことで、十津川は、困惑はしていなかった。

捜査本部長の三上刑事部長に、質問されると、

「この二つの殺人は、仙台の事件が解決すれば、自然に解決するものです。ですから、解決は、一瞬で、決ると思っています」

と、いった。

しかし、三上は、その言葉が、不満らしく、

「こちらの事件を解決して、自然と仙台の事件も解決するということには、出来ないのかね？　仙台頼みじゃ、面子《めんつ》が立たんじゃないか」

と、いう。

「もちろん、私も警視庁が主導権を取って、二つの事件を同時に解決するのが、最善だと

は、思っています。しかし、仙台の事件には、今のところ、どうしても不明な謎の部分がありますます。それが解けないと、東京の事件も、解決できないのです」

と、十津川は、いった。

「困ったものだな」

「そうです。困ったものです」

と、十津川は、いった。

解決できないまま、年が明けてしまった。

その間、二つの都市の殺人事件は、何の進展もなかった。

しかし、一月十五日になって、仙台にいる西本刑事から、急な連絡が入った。

「田中啓子が、事件に絡んで、動き出しました」

と、西本は、いうのだ。

「何を始めたんだ？」

「地元の新聞に、ある広告をのせたんです。それを、これからＦＡＸで送ります」

と、西本は、いった。

数分して、そのＦＡＸが、送られてきた。

〈皆様へのお願い。

田中伸彦が、去年の十月に亡くなりましてから、早くも年が変わりました。

夫の思い出は沢山胸にございますが、遺品と呼べるものがあまり、ございません。今になりまして、どうしても手元に置きたいと思うものの一つが、田中が病床でつけておりました日記調の手帳でございます。

夫は、日記の最後に、ある刑事さんの名前を書いておりましたので、その刑事さんにお渡ししてしまったのですが、今となりますと、手元に置きたくてなりません。

ところが手帳は、その刑事さんから、他の人の手に渡ってしまっているようなのです。

そうなると、人間の弱さというのでしょうか、尚更、欲しくて仕方がございません。

現在、その手帳をお持ちの方は、ぜひ、私にお返し頂けませんでしょうか。

もちろん、お礼は十分にさせて頂きます。また、手帳について、何か情報をお持ちの方がいらっしゃいましたら、ぜひ、私に連絡して下さい。お願い致します。

田中啓子〉

連絡先の住所、電話番号も、書かれていた。

十津川はさっそく、それを、亀井に見せた。

亀井は、眉《まゆ》をひそめて、

「彼女は、どういう気で、こんな広告を、地元の新聞にのせたんでしょう?」

と、いう。

「理由は、一つしかないさ。また、夫を殺した犯人探しを始めたんだ」

十津川は、断定した。

「しかし、手帳は啓子本人が持っていると、警部は、今でも、思っていらっしゃるんでしょう？」

「ああ。そうだ。犯人が持っていれば、もう焼き捨てているだろうし、他の人間が持っていれば、犯人は今頃、ゆすられている筈《はず》だ」

「彼女は、こんな広告を出して、どんな効果があると、思っているんでしょうか？」

と、亀井が、きいた。

「今、それを考えていたんだ。カメさんが犯人だとしたら、今頃、どうしているね？」

「多分、問題の手帳を、必死になって、探しているんでしょうね。誰が持っているか、知りたいですから」

と、亀井は、いった。

「そして、それとなく、持っていそうな人間を、当たるんじゃないかね」

「そうです」

「啓子が欲しいのは、その情報じゃないかな。犯人が、田中伸彦を殺しましたと、名乗る筈はない。だから啓子は、誰が手帳を探しているか、それを知りたいんだ」

「このFAXにも手帳に関する情報にも、お礼をするみたいに書いていますね」

「そうだよ。誰々が、手帳のことで、聞き回っているとわかれば、そいつが犯人の可能性が、強いわけだからね」

「なるほど、ただ――」

「田中啓子が、危いか？」と、十津川が、眼を光らせた。

「そうです。犯人は、必死になって手帳を見つけ、手に入れて処分したいでしょうが、それが出来ないといっそのこと、啓子を消してしまおうと、考えるかも知れません」

と、亀井は、いった。

「だが、彼女は、やめそうもないな」

と、十津川は、いった。

彼は、一応、仙台にいる西本と日下の二人には、田中啓子の身辺に注意するようにいったが、十津川の予想は適中した。

翌日も、翌々日も、五日間にわたって、同じ広告が、地元新聞にのったからである。

「まるで犯人に対して、彼女は、宣戦布告しているみたいですね」

と、亀井は、いった。

十津川は、苦笑して、

「妙な戦争だよ。彼女は、犯人の名前をわからない。犯人の方は、手帳が、誰の手にあるかわからないんだからね」

「手探りの戦争ですか」

「彼女の方は、犯人がわからないから、キレようがないが、犯人の方はキレて、彼女を殺そうとするかも知れない」

「彼女は、それを覚悟しているんじゃありませんか」

と、亀井は、いった。

「覚悟しているかな?」

「していなければ、あんな広告を、五日間も新聞に、のせられないんじゃありませんか」

「困ったものだな」

と、十津川は、いった。

一月二十一日になると、更に、啓子の行動はエスカレートした。

「昨日、彼女が、地元のテレビに出ました」

と、西本と日下の二人が、報告してきたのだ。

「どんなテレビだ?」

十津川が、きく。

「彼女が、あんな広告を五日間ものせたので、地元のテレビが、取材にやって来たようなのです。三十分にわたって、彼女が、心情を吐露しています。そのテープが手に入りましたので、送ります」

と、いった。

そのテープが、送られて来た。

リポーターが、彼女に対して、インタビューしている。

その間に、亡くなった田中伸彦の写真や、葬儀の模様も挿入される。

彼女が、喋《しゃべ》る。

「主人が亡くなって、もう四ヵ月近くになりましたけど、気がつくと、主人が書いたものが、殆《ほとん》どないことに気がついたんです。主人はもともと筆不精で、私との交際中も電話ですませていましたから。それで、主人が入院中につけていた手帳が、急に欲しくなってしまったんです」

「その手帳は、東京の刑事さんに、差し上げてしまったと聞いたんですが」

と、リポーターが、きく。

「そうなんです。なぜか、主人は手帳の終わりに、十津川さんという警視庁捜査一課の警部が友人なので、必ず、自分の葬儀には呼んでくれと、書き残していたんです。それで、この方に、葬儀に来て頂きました。そして、手帳を預からして欲しいといわれたので、どうぞと、お渡ししたんです」

「その手帳が、盗まれたと聞きましたが」

「ええ。びっくりしました。信じられませんでしたわ。でも本当に、警部さんが、東京へ戻る新幹線のなかで、何者かに盗まれてしまったんです。その上、盗んだと思われる人も、東京で、殺されてしまって」

「どうして、そんなことになったんでしょうか？」

「私には、全くわかりません。十津川警部さんも、必死になって、犯人を探していらっしゃるみたいですけど、今になってもわからないと、おっしゃっていますわ」

「手帳の行方もわからないわけですね？」

「ええ」

「不思議なことが、あるもんですねえ」

「ええ。だからおかしなもので、一層、手帳が欲しくなっているんです。それで、新聞にあんな広告をのせて頂いたわけなんです」

「それで、何か反応がありましたか？」

「いくつか、電話がありました。でも、いたずらが多いんで困っています。なかには、あなたのご主人は病死ではなく、本当は殺されたんだ。その犯人を知ってるみたいな電話もありました」

「ひどいですね。その電話を、信用されたんですか？」

「私が？　もちろん、信用なんかしませんわ」

「それから、手帳を返してくれれば、お礼をすると、書かれていますが」

「ええ」

「こんなことをきくのは、失礼と思いますが、いくらぐらいの謝礼を考えておられるんですか？　よければ、話して頂けませんか」

「おいくらでもと思いますけど、一応、一千万円ぐらいを考えております」

「一千万ですか」

「少ないでしょうか？」

「いや。金額が大きいので、びっくりしているんです」

「それだけ出しても、主人の手帳を欲しいということなんです」

「なるほど。よくわかります」

「それから、手帳を持っていない方でも、手帳について、何か情報をお持ちの方も、ぜひ、お知らせ頂きたいと思っています」

「その場合でもお礼は、お払いになるおつもりですか？」

「もちろんですわ」

「それだけ、ご主人の手帳を、欲しいという気持ちが伝わって来ますね」

「ええ。自分の宝にしたいんです」

「では、このテレビを見ている方に、田中さんから呼びかけて下さい」

「皆さま。もし、主人の手帳を手に入れた方がいらっしゃいましたら、ぜひ、私に、お返し下さい。必ずお礼を差し上げます。それから、手帳について何かご存知の方も、私に、連絡して下さるようお願い致します。亡くなった主人の思い出でも結構です」

　啓子は、カメラに向かって、喋る。

　その眼は、カメラの向こうにいる犯人を見つめているように、十津川には、見えた。

「私にも、明らかに犯人に向かって、喋っているように見えますね」

と、亀井は、いった。

「いや。話しかけているんじゃありませんね。犯人に向かって、今に追いつめてやるから、覚悟しておけと、宣言しているように見えます」

「とすると、当然、このテレビを見た犯人も、同じように受け取ると思うね。自分に向かって、田中啓子が、宣戦布告しているとだよ」

「彼女のガードが、必要ですよ」

と、亀井は、いった。

「北条刑事を日下刑事と交代させよう。女の方が、田中啓子に近づけるだろう」

と、十津川は、いった。

すぐ、北条早苗に、仙台へ行くように、命令した。

4

早苗は、仙台へ着くと、日下刑事と交代し、西本刑事と二人で、仙台市の中心街にある、田中啓子の店を見に行った。

「大きな店ね」

と、早苗は、初印象を口にした。

「駅前のデパートにも、店がある。何代も続いた店で、亡くなった田中伸彦は、仙台の街の有力者だよ。市会議員にも、同業者にも知り合いが、多かった」

と、西本が、いった。

「それが、殺された理由？」

「それがわからないんだよ。政治にも関係していたしね。だが、全く個人的な理由で、入院中に砒素《ひそ》を盛られたのかも知れないんだ。それに、この件に関しては、関係者は、誰もが、口が重い。県警は、今でも、田中伸彦の死は、病死だという立場を固く守っているしね」

「じゃあ、疑問を持っているのは、この町では、田中啓子一人なわけ？」

「それに、もちろん、犯人がいる」

と、西本は、いった。

「東京で、新聞の広告とテレビも見たけど、あれは、どのくらいの人が、見ているの？」

と、早苗が、きいた。

「新聞の方は、仙台では、四十パーセントの占有率を持っている」

「大したものだわ」

「テレビの方だがね、こちらも地元テレビで、あのリポート番組は、視聴率は、十五パーセントぐらいじゃないかね」

「まあまあね」

「ただし、犯人は、必ず、見ていると、思っている」

と、西本は、いった。

「田中啓子の身のまわりに、何か、妙なことが起きてない？　警部はそのことを、一番、心配しているけど」

と、早苗が、いった。

「外から見ている限り、これといったことは、起きてないね。もちろん、無言電話や、メールでの脅しなんかについては、わからないが」

と、西本は、いった。

「外から見ると、働き者のおかみさんて感じで、暗いところは、感じられないけど」

と、早苗は、いった。

「確かに、そう見えるがね。十津川警部の話を聞くと、相当したたかな女らしい。警部も最初のうち、すっかり、彼女に欺《だま》されていたというからね。働いているときのニコヤカな顔は、欺されたつもりにしないと痛いめをみるんじゃないかな」

「まるで、怪物ね」

と、早苗は、笑った。

「ああ、怪物かも知れん」

と、西本も、笑ったが、突然、

「乗れ！」

と、叫んだ。

「この車？」

「レンタカーだ。早くしろ。彼女が、出発する」

と、西本が、いった。

早苗があわてて、レンタカーに乗り込む。

眼の前の店の方では、店の名前を書いたライトバンに、啓子が、ひとりで乗り込み、スタートしていた。

そのライトバンを、西本の運転するレンタカーが、追う。

「毎回、こんなことをやってるの？」

と、助手席の早苗が、きく。

「こちらに着いてから、彼女が出かける時は、必ず尾行しているよ。警部から、彼女をガードしろと、固くいわれているからね」

と、西本は、いった。

「今までのところ、彼女の車が、狙われたことはないよ」

「何処へ行くのかしら？」

「多分、塩釜《しおがま》だろう。海産物の買い出しだな」

と、西本は、いった。

なるほど、啓子の車は海岸に出ると、海沿いの道を、塩釜方向に向かって走る。

国道45号線で、塩釜市内に入った。ここまでは、何の事故も起きなかった。

啓子の車は、魚市場で停まり、彼女は、なれた様子で、市場のなかへ入って行った。

二人の刑事は、車のなかから啓子が、大量のひもの類を買い込むのを見つめていた。

「なぜ彼女は、ひとりでここの魚市場に、仕入れに来るのかしら？」

早苗が、首をかしげた。

「従業員を使わないのは、おかしいか」

「ええ。第一、彼女は、あの店の社長さんでしょう。三十人以上の従業員がいるのに、社長がそれも、ひとりで来るのは、おかしいわ」

「わざとかな？」

と、西本が、いった。

「そんな感じがするわ。ひとりで動いて、犯人の出方を見てるんじゃないのかしら？」

「まるで、われわれの囮《おとり》捜査だな」

西本が、苦笑した。

「彼女、相当な覚悟をしてるんだわ」

と、早苗は、いった。

市場の人間に手伝わせて、啓子は何箱もの品物を、車に積み込んだ。

その車が、出発する。

再び、西本と早苗のレンタカーが、追跡に移る。

来た時と同じ、国道45号線を使う。

道路は、渋滞はしていなかった。

啓子の車との間に、わざと一台車を入れて、尾行していたのだが、途中からその間に、一台の大型トラックが、割り込んできた。

おかげで、啓子の車が、見えなくなってしまった。

追い越しをかけて、前に出ようとするが、大型トラックは、なかなか抜かせようとしない。

「畜生！」

と、西本が叫び、二度目の追い越しをかけた。

今度は、あっさりと抜かせたが、大型トラックの前に出てみると、啓子のライトバンが、消えてしまっていた。

5

「この前の交叉点《こうさてん》で、曲ったんだわ」

「しかし、そっちは、仙台へ行く道じゃないぞ」

「でも、それしか考えられないわ」

と、早苗はいった。

「畜生！」

と、また、西本は叫び、強引にUターンすると、手前にあった交叉点まで引き返した。

交叉点で、右折をする。

細い道だ。

いくら走っても、啓子のライトバンは、視界に入って来なかった。

「見失った」

と、西本が、呟《つぶや》いた。

「仕方がないわ。仙台のあの店へ引き返してみましょうよ」

と、早苗が、いった。

西本は、国道45号線に戻りながら、

「さっきの大型トラックのナンバーは、メモしたか？」

「もちろん、メモしたわ。それに、あのトラックには北仙台運送と書かれてあった」

と、早苗が、いった。

「あとで、その会社を調べてみよう」

と、西本はいってから、スピードをあげた。

仙台市内に入る。

彼女の店の前まで戻ってみると、問題のライトバンが、停まっているのが見えた。

店の従業員たちが荷物をおろして、店のなかに運び込んでいる。

西本と早苗の二人は、ほっとした感じと、肩すかしを食ったような感じの両方を同時に持って、ライトバンを眺めていた。

「あら？」

と、早苗が声を出した。

「何だ？」

「ライトバンの左側の尾灯が、こわれているわ。ガラスが割れている」

「前から、こわれていたんじゃないのか？」

「いいえ。尾行している時、ライトバンを、注意深く見ていたから、間違いないわ。あの時は、何もなかった」

「じゃあ、帰る途中で、他の車に追突されたか」

「そうとしか思えないわ」

「何があったか、聞いてみるか」

「それは私がやるから、あなたは、邪魔をした大型トラックの持主のことを、調べてみて」

早苗は西本に、そのトラックのメモを渡しておいて、店に向かって歩いて行った。

「いらっしゃいませ」

と、従業員が、頭を下げてくる。

それに向かって、早苗は、警察手帳を見せて、

「おかみさんに、お会いしたいんだけど」

と、いった。

その従業員があわてて、奥へ声をかけ、啓子が出て来た。

「この方、刑事さんで」

と、従業員がいうと、啓子は、微笑して、

「知っています。塩釜へ仕入れに出かけたら、レンタカーで、男の刑事さんと、尾行してらっしゃった」

「何があったんですか？」

と、早苗は、直截《ちよくせつ》にきいた。

「何がって、何のことでしょう？」

「帰りに、突然、消えてしまったけど、何処へ行かれたんですか？」

と、早苗は、きいた。

「ああ、急に思い出して、友人の家に寄って来たんです」

「それだけですか？」

「どうしてでしょう？　友人の家へ寄っては、いけません？」

と、啓子は、首をかしげた。

「あのライトバンの尾灯が片方、こわれていますが、あれはどうしたんですか？　いつ、こわれたんですか？」

「気が付きませんでした。すぐ、修理しなくちゃあ」

と、啓子は、すました顔で、いった。

「私は、他の車に追突されたんじゃないかと、思いましたけど」

と、早苗は、じっと相手の顔を見つめた。

「じゃあ、あの時かしら？」

「思い当たることがあるんですね？」

「ええ」

「それを話して下さい」

「友人の家へ寄ったとき、狭いところで、方向転換をしたんですけど、電柱へ、車の後部をぶつけたんですよ。たいしたショックを受けなかったんで、そのまま、運転してきたんだけど、あの時、片方の尾灯をこわしたんだわ。気がつきませんでした。本当に」

「じゃあ、他の車に、追突されたんじゃないんですね？」

「ええ。違いますよ」

と、啓子は、また笑う。

早苗は、西本が、いった「したたかな女」という言葉を、思い出した。

第六章　真実の姿

1

十津川は、北村亜紀に会ってみることにした。

町村弁護士に住所をきいた。

「会津若松《あいづわかまつ》市内のマンションに住んでいます」

と、町村は、詳しい住所と電話番号を教えてくれた。

仙台から近いので、彼女はよく見舞いに来ていたのかも知れない。

十津川は、ひとりで、会津若松に出かけた。

この町に来たのは、三度目である。いつも事件に絡んでの旅だった。今日も同じだが、三度目ということもあって、気持ちの余裕はある。

昼食に、有名な満田屋《みつたや》の田楽コースを食べてから、近くのビラハイツ会津A館の502号室を訪ねた。

電話をかけておいたので、北村亜紀は待っていてくれた。

小柄で、どこか、写真の田中に似ていた。

「遺産を分けて頂いたので、アメリカへ行って、もう一度、勉強し直したいと思っています」

と、亜紀は、いった。

「何の勉強をするんです？」

「デザインの勉強です」

「デザインね」

十津川は、改めて、部屋のなかを見回した。写真をコラージュしたものが、パネルになって何枚か置かれていた。

「実は、亡くなった田中伸彦さんのことで、あなたに、聞きたいことがあってね」

と、十津川は、いった。

亜紀は、黙って、コーヒーをいれてくれてから、

「私には、何も隠すことは、ありませんけど」

と、いった。

「病院には、よく見舞いに行っていましたね」

「私の大事な父ですから」

とだけ、亜紀は、いった。

「そのお父さんが、突然、亡くなったことを、どう思います？」

「私は全快して、父が、すぐ退院してくると思ってたんです。それが、逆に重くなるんで、

おかしいなと思って、本人も、首をかしげていました」

　と、亜紀は、いった。

「田中さんは、どういっていました？」

「ただ、おかしいって。原因が医者にもわからなくて、父はいろいろと、考えていたみたいです」

「お父さんが病床で、手帳を書いていたのは、知っていましたか？」

　と、十津川は、きいた。

「ええ。あの手帳は、よく見せてくれましたわ。私のことだけ、A・Kというイニシャルで、書いていましたけど」

　と、亜紀は、笑った。

「お父さんは何のために、あの手帳を書いていたんでしょうね？　何か、仕事の計画を書いていたとか、病気について、書いていたんでしょうか？　或《あ》いは、俳句か何か書きつけていたとか？」

　十津川が、きくと、亜紀は、微笑して、

「父は、そういうことは、何も書いていません。完全なメモなんです。何日の何時に、誰々が、見舞いに来てくれたとか、電話をくれたとかです。父には、それが、大事だったんです。快復して帰宅したら、そのメモに従って、礼状を書く気だったんだと思います」

「病状についての疑問も、手帳には書かなかったんですかね？」

「見舞いに来た人には、話したと思いますけど、手帳に書きつけているのを、見たことはありませんわ」

と、亜紀は、いった。

「お父さんは、見舞客の誰かに、砒素《ひそ》を飲まされて、殺されたと考えられるんですよ」

十津川がいうと、亜紀はびっくりして、

「それ、本当なんですか？」

「事実です」

「でも、あんないい父を、誰が――？」

と、いってから、急に、顔をゆがめて、

「私を、その犯人だと思っているんですか？」

と、きいた。

「いや、そんなことは、考えていませんよ。犯人は、他にいると、考えています」

「犯人は、誰なんですか？」

「今、それを捜査中です。ひょっとして、手帳に、田中さんが、犯人の名前を書いておいてくれたらと、思っていたんですがね」

「そんな名前は、見たことはありません。今、いったように、簡単なメモしか、書いていませんでしたから」

と、亜紀は、いった。

「田中さんは、手帳の最後に、『警視庁捜査一課の十津川省三警部を、葬儀に呼んでくれ』と、書き残しているんです。十津川というのは私ですが、正直にいうと、田中さんに、一度も会ったことがないんです。お父さんは、そんなことを、書きつける人だと思いますか？」

「父らしくないなと思いますけど」

と、亜紀は、いった。

（やっぱり、あの文字は、田中本人が書いたものではないらしい）

と、十津川は、思った。

と、すれば、あの文字を書いたのは、田中啓子しかいないのだ。

「田中啓子さんに、会いましたか？」

と、十津川は、きいた。

「父が亡くなってから、一度、会いました。町村弁護士さんと一緒に、ここを訪ねて見えたんです。三千万円を頂いて、認知して貰《もら》いました」

「どう思いました？」

「しっかりした方だと思いましたわ」

「ぼくぜんとしていますね。今、田中さんは、誰かに砒素を飲まされて亡くなった。つまり、殺されたとわかっているんですが、ここの警察は取り合ってくれない。そんな時、啓子さんは、どうすると思いますか？」

「きっと、真相を明らかにしたいと、思ったでしょうね。そんな感じがするんです」

と、亜紀は、いった。

「自分で、犯人を見つけ出そうとすると思いますか？」

十津川は、更に突っ込んで、きいた。

「あの人なら、そのくらいのことを、すると思いますわ」

「もう一度、田中さんの手帳に戻るんですが、その手帳は、犯人を見つけるのに、役に立つと思いますか？」

「もちろん、役に立つと思いますね。だって、見舞いに来た人のなかに、犯人がいるわけでしょう？」

「そうです」

「父は、見舞いに来た人の名前は、全部書きつけてました。几帳面《きちょうめん》な人なんです。ですから間違いなく、手帳に書き留めた名前のなかに、犯人がいる筈《はず》ですわ」

と、亜紀は、いった。

「しかし、書かれているのは、名前だけでしょう？」

「ええ」

「その人の様子がおかしかったとか、ケンカをしたとかは、書いてないんでしょう？」

「ありません。父は、そんなことをいちいち、書く人じゃありませんから」

と、亜紀は、いった。

十津川は、町村弁護士にも、同じことをいわれたのだ。

町村は顧問弁護士で、田中とは二十年のつき合いだといっていた。

その弁護士が、こういっていたのだ。

「田中さんは、正義感から、人とぶつかることはありましたが、そんな人に対してだって、陰に回って、悪口をいったりすることは、ありませんでした。そういう人なんですよ」

とである。

二人の言葉には、多少の身びいきはあるだろうが、他人の悪口はいわない、書かないという点で、一致していた。

となると、亜紀のいう通り、問題の手帳には、見舞いに来た人の名前と、日時しか、書いてなかったと、見た方が良さそうである。

だからこそ、啓子は手帳だけでは、夫を毒殺した犯人がわからず、あれこれ、策をほどこしているに違いない。

十津川は、会津若松から戻ると、北村亜紀に会って、話したことを、亀井に告げた。

「彼女も、手帳のことは、知っていましたか」

と、亀井は、肯《うなず》いてから、

「手帳に、見舞客の名前と、来た日時しか書いてなかったんですか」

「私も、パラパラ見ただけだが、そんな気がしているよ。ただ、見舞いに来た人だけをメモしただけじゃないいんだ。亜紀の話では、電話して来た人の名前と、日時も書いていたということだ」

「いわゆる電話見舞いですか」

「いかにも、几帳面な人らしいと思ったよ」

と、十津川は、いった。

「となると、手帳のメモ自体は、正確だということになって来ますね」

亀井が、いう。

「そうだ。だから北村亜紀は、手帳に書いてある見舞客のなかに、必ず犯人がいる筈だと、いっていた」

「しかし、何人もの見舞客がいたわけでしょう？」

「何しろ、交際範囲の広い人間だったそうだからね。仙台の政財界の有力者も、全員が、見舞いに来ていたんじゃないかね」

「何人ぐらいが、見舞いに来ていたんでしょう？」

「正確な人数はわからないが、何十人という単位じゃないね。百人以上であることは、間違いないよ」

と、十津川は、いった。

「百人以上となると、そのなかから犯人を見つけ出すのは大変ですよ」

と、亀井は、いった。

「だから、田中啓子も犯人を特定できずに、あれこれ犯人をあぶり出そうと、動いているんだと思うね」

「北村亜紀が、田中伸彦を殺したということは、警部は考えられませんでしたか？」

と、亀井が、十津川に、きいた。

「彼女が、認知を知らされたのは、父親の田中伸彦が亡くなってからだからね。田中を恨んでいたとしても、おかしくはない。動機は、十分だよ」

「可能性は、あるわけですね」

「ああ。そうだ。それに、北村亜紀は、何回も病院に行っているから、砒素を飲ませるチャンスも、他の人より何倍もあったと思う」

「それで、警部はどう思っておられるんですか？　北村亜紀が犯人の可能性は、何パーセントくらいだと」

「そういう話は、答えにくいね。状況証拠は、七、八十パーセントのクロだと思うよ。しかし、私の直感では、シロのような気がするんだ」

と、十津川は、いった。

亀井は、考えてから、

「実は、いつも同じ疑問にぶつかってしまうんですが」

と、いった。

「いってみたまえ」

「それは、田中伸彦を毒殺した犯人のことなんです」

と、亀井は、いった。

「それで？」

「田中が入院している間、その人物は、たった一度だけ見舞いに行ったというのではないと思うのです。何回か、見舞いに行っている筈です」

と、亀井は、いった。

「確かに、そうだ。砒素《ひそ》という毒物は遅効性で、ゆっくり効いてくるものだから、犯人は、何回かに分けて、飲ませたと思うからね」

と、十津川は、いった。

「そうなると、田中とかなり親しい人物だと思うのです」

「同感だよ」

「とするとです。犯人も、田中が手帳をつけていたことは、知っていたと思うのです」

「それも同感だ」

「犯人にしてみれば、田中伸彦が、手帳に、何を書いているか、大変気になったと思います。こちらの行動を怪しんで、何か書き留めるのではないかと思った筈ですよ。それで、手帳を見せて貰ったと思いますね」

「そうだな」

「手帳を見たら、見舞客の名前と、見舞いに来た日時しか書きつけていないこともわかったと思いますね。犯人以外の名前も、沢山メモしているのだから、手帳を公開されても、犯人は特定できない。そう思って、安心したんじゃありませんかね」

「カメさんの疑問がわかったよ。犯人にとって、別に心配のない手帳を、どうして必死になって、奪おうとするのか、わからないといいたいんだろう？」

「そうなんです。犯人と思われる人間はまず、東京の私立探偵と恋人を殺しました。手帳を奪うためとしか考えようがありません。その後、また手帳を手に入れようとして、市会議員の池宮も殺しているんです。手帳の内容を知っているのに、なぜ犯人は必死になって、手帳を手に入れようとして、殺人まで引き起こすのか、それが不思議なんです」

と、亀井は、いった。

「正直にいうと、私も、全く同じ疑問を感じているんだ」

と、十津川は、いった。

「田中啓子が、犯人をあぶり出そうとして、いろいろと動き回っていますね。警部に手帳を渡しておいて奪わせたり、池宮を使って手帳を買うような素ぶりを見せたりです。犯人は、そんな彼女の動きに惑わされて、何とか手帳を奪わなければ、自分が危くなると思い込んだんでしょうか？」

亀井が、いった。

「田中啓子が、夫を殺した犯人を見つけ出そうとして、私も利用したことは、間違いないんだ。それに、今、手帳が彼女の手元にあることも、まず、間違いないね」

「ええ」

「犯人が必死で、手帳を欲しがっていることも、間違いない」

「ええ」

「だが、その先に、カメさんのいった疑問が、立ちふさがるんだよ。単なるメモでしかない手帳を、なぜ、犯人が怖がるのかという疑問だよ」

と、十津川は、いった。

「しかし、ここへ来て犯人は、田中啓子の命を、狙い始めましたね」

亀井が、いった。

「それは田中啓子の動きに反応していると、いってもいいんじゃないか」

「地方新聞の広告ですね」

と、亀井が、いった。

十津川と亀井が、いったん、東京に戻り、仙台には、西本と日下の二人を行かせた。

その時に、田中啓子が、地元の新聞にのせた広告だった。

謝礼つきで、手帳を持っている人間は、返却してくれと、広告したのだ。

更に、彼女は、地元のテレビにも出演して同じことを喋《しゃべ》った。

明らかに犯人に向かって、挑戦状を突きつけているのだ。

田中啓子をガードするために、十津川は、女性の北条早苗と日下刑事を、交代させたのだった。

西本と早苗は、田中啓子を守るために、彼女の車を尾行したが、見失っている間に、彼女の車は、トラックに追突されたらしい。

啓子は否定しているが、何者かに襲われたことは、間違いなかった。

「田中啓子も焦っているが、犯人も焦っていると見ていいいんじゃないかな」

と、十津川は、いった。

「彼女が焦るのはわかりますが、犯人までがそれに釣られて、焦るのがわからないのですよ」

「そうだな」

「警部もいわれた通り、問題の手帳は、決定的な証拠にはならないんです。多分、犯人もそれを知っている。それなのになぜ焦るのか」

「堂々めぐりだな」

と、十津川は、溜息《ためいき》をついた。

2

十津川と亀井は、今、再び仙台に来ていた。

西本と北条早苗の二人には、引き続いて、田中啓子の身辺警護に当たらせることにしていた。

その後、啓子は大人しくしていた。が、いつ、また、犯人を刺激する行為に出るかわからなかった。気性の激しい女なのだ。

「彼女を死なせたくない」

と、十津川は、いった。

「それなら彼女が、もっと危険な状況になる前に、田中伸彦殺しの犯人を見つけ出す必要がありますよ」

「それが、全くわからないから、困るんだよ」

と、十津川は、いった。

「宮城県警は、この問題をどう考えているんですかね？　それに、犯人には、何処まで迫っているんでしょうか？」

亀井が、話題を変えた。

「県警は、最初、田中伸彦の死を、病死と決めてしまった。今になってもそのことが、邪魔になって、方向転換が出来ずにいるみたいだよ」

「同じ警察として、そのことは、よくわかりますね」

と、亀井は、苦笑した。

警視庁だって、一度決めたことが、足かせになって、自由に動けないことがあるからだった。

「だから」

と、十津川は、いった。

「池宮信成が殺された事件については、県警は必死になって、捜査を進めている。足かせがないからね。しかし、田中伸彦殺しの捜査は、やらないから、当然、池宮殺しの捜査も進展しなくなってしまうんだよ」

「まるで、八方ふさがりですね」

と、亀井は、いった。

「何とか壁に、風穴を開けるわけにはいかないかな」

十津川は、考え込んだ。

しばらく二人の間に、無言の時間が過ぎた。

今、二人が泊っているのは、仙台市内のホテルで、そのツインルームに、二人で入っている。

十津川は、煙草に火をつけた。

宙を睨《にら》んで、考え込む。ルームサービスで、運んで貰《もら》ったコーヒーを口に運ぶ。

亀井は、コーヒーを、がぶ飲みしていた。

「われわれは、何か、間違っているんじゃないかね？」

十津川は、亀井に向かって、いった。

「われわれが、間違いをですか？」

と、亀井が、おうむ返しに、いった。

「カメさんもいって、私も賛成した。今まで通りに考えていくと、どうしても同じ疑問に、ぶつかってしまうということだよ」

と、十津川は、いった。

「ええ」

「つまり、何か、間違いを犯しているので、同じ疑問にぶつかってしまうんじゃないか」

「それはよくわかりますが、われわれの考えの何処が間違っているのか、わからないんですが」

と、亀井は、いった。

「ひょっとするとわれわれは、何かを逆に考えてしまっているんじゃないだろうか？」

「逆にですか」

「或《あ》いは、肝心の疑問に、答えていないというか」

「肝心の疑問というのは、何でしょうか？」

「今回の事件は、まず最初に、田中伸彦が亡くなったことから始まった」

「ええ」

「ところが、それは病死ではなく、見舞客の一人か或いは複数が、砒素《ひそ》を飲ませて殺したとわかった。未亡人の啓子は必死になって、夫を殺した犯人を見つけ出そうとしている。犯人の方は自分を守ろうとして、殺人をくり返している。それが、われわれの考えている事件の構図だ」

と、十津川は、いった。

「それで、正しいんじゃありませんか」

「だが、犯人が、どうして田中伸彦を殺したか、その理由は考えなかった」

と、十津川は、いった。

「それは、田中伸彦のことを気に入らない人間がいた。商売仇《がたき》かも知れないし、政治絡みかも知れません。とにかく、見舞客のなかに犯人がいて、そいつは、田中伸彦を毒殺して、今回の一連の事件が、始まったんじゃありませんか？」

亀井が、反論に近いいい方をした。

「そこなんだよ」

と、十津川は、いった。

「見舞客の誰かが、田中伸彦を憎んでいて、毒殺したと考える。それは、間違いなんじゃないかね？」

「じゃあ、どうして、田中伸彦は、殺されたんですか？」

「ちょっと、奇妙な考えかも知れないが、田中伸彦は、誰にも憎まれていなかった。彼が、入院した時点ではだよ。ところが、見舞客のなかに、突然、田中伸彦を殺さなければならないことが、出来てしまった。だから殺されたと考えられないだろうか？」

「しかし、田中伸彦は、ガンで入院していたんです。外出なんか出来なかった。そんな田中がどうして、殺される理由を作ってしまうんですか？」

と、亀井が、いった。

「それは、多分、田中の持っている几帳面《きちようめん》さだ」

「まだ、よくわかりませんが」

と、亀井が、当惑の表情を作った。

「ここで、問題の手帳が出てくる」

と、十津川は、いった。

「どんな風にですか？」

「田中は、几帳面に見舞客の名前と、来てくれた日時を手帳に書きつけていた。或いは、来られないと電話して来た人の名前と、電話のあった日時もだ。田中は、自分が退院したあと、礼状を書くつもりだった」

「ええ」

「田中にしてみれば、善意でメモしていたんだが、ある人間にとっては、その几帳面なメモが、恐しいことになってきた」

「――」

「アリバイだよ」

と、十津川は、いった。

「ああ」

と、亀井は、声をあげて、

「何月何日の何時に、ある人間は、仙台市内の病院にいたことが、わかってしまう――」

「或いは、何月何日の何時に、ある人間が、病院に来られないことが、わかってしまうこともあるわけだよ」

「なるほど！」

亀井が、大声を出した。

「ぜんぜん別の事件が、起きていたということですね。田中伸彦が、砒素を飲ませられる前に」

「そう考えていくと、今回の事件を別の方向から、見ることが出来るんじゃないかな」

と、十津川は、いった。

「少しずつ、わかってきました。田中自身は、なぜ、自分が殺されるのかわからずに、毒殺されてしまったわけですね」

「そうだ。ある人間がいた。その人間は、何処かで事件を起こし、アリバイを作って、捕まらずにいた。ところが、田中が几帳面につけていた手帳によって、そのアリバイが崩れてしまうことに、気付いたんだ。幸い、手帳そのものを怪しむ人間はいないので、田中の口を封じてしまえばいい。それも、病死に見せかければ、何の疑いも持たれない。そこで、砒素を使った。うまくいったんだよ。警察も病死と断定したからね」

「ところが、未亡人の啓子が死因に疑いを持ち、警部に調べて貰おうと考え、遺品の手帳に夫の筆跡をまねして、警部を葬儀に呼びよせる細工をしたんですね」

「ひょっとすると、彼女も、今、私のいったことは、考えていない。わかっていないんじゃないかな」

と、十津川は、いった。

「彼女はわからずに、手帳を武器にして、犯人を釣り上げようとしているわけですか？」

「そうとしか思えないね」

と、十津川は、いった。

「もし、そうだとすると、不謹慎かも知れませんが、滑稽《こっけい》ですね」

「そうだよ。犯人にとっては、手帳に書かれたメモが、命取りになる。だから必死で手に入れようとしている。一方、手帳を持っている啓子の方は、犯人が手帳を欲しがる本当の理由を知らない。ただ、上手《うま》く自分が、動き回ったので、犯人が焦って、手帳を欲しがっていると誤解しているんじゃないのか。これは、彼女にとっても危険だよ」

「そうですね」

「多分、啓子はこう思っているに違いないんだ。夫の遺《のこ》した手帳には、犯人のことなんか何も書いてないのに、犯人が勝手に、書いてあると思い込んでいるとね。全て、これは自分の考えを実行した芝居が、上手くいったからだとね。もし、犯人が、手帳の持つ本当の意味を啓子が知らずにいるのだと気付いたら、どんな行動に出るかわからない」

と、十津川は、いった。

「それなら、手帳は手に入れなくてもいいんだ。とにかく、うるさい啓子だけを始末してしまえばいいと、思うかも知れませんね」

「北条刑事の話では、啓子が、塩釜の帰りにトラックを、乗っていたライトバンにぶつけられたというじゃないか。すでに、危険は迫っているんじゃないかね」

と、十津川は、いった。

「どうしますか？」

亀井が、真顔になって、きいた。

十津川は、西本と北条早苗に、携帯をかけてみた。

「田中啓子の様子はどんな具合だ？」

と、十津川は、きいた。

「この時間ですから、すでに店は閉っています。今日一日、店の様子を見ていたんですが、不審な客は、来ませんでした。田中啓子の様子に、おかしな点は、見受けられません」

と、西本が、いった。

「彼女の車が塩釜の帰りに、追突されたというのは間違いないのか？」

十津川が、念を押すと、早苗に代わって、

「彼女のライトバンの損傷具合から見て、背の高い車、大型トラックに追突されたことは、まず、間違いないと、思われます」

「彼女は、否定しているんだったな？」

「電柱にぶつけたと、いっています。なぜか、相手を告訴するのを嫌がっているとしか思えません」

「交通事故なんかで捕まって貰《もら》っては、困るんだろう。君たちの尾行を邪魔した大型トラックの件は、どうなんだ？」

十津川がきく。

また、電話が、西本に代わって、

「会社も運転手もわかりましたが、この件で、逮捕は難しいですね」

「そんなことはしなくていい」

と、十津川はいい、

「田中啓子は、今、自宅か？」

「そうですが」

「これから、私とカメさんとで、会いに行く」

「こんな時間にですか？」

「そうだ」

と、十津川は、いった。

二人でホテルを出た。田中啓子の店までは歩いて、十二、三分の距離だった。

十津川たちが訪ねると、田中啓子は、さすがにびっくりして、二人を迎えた。

「こんな時間に、申しわけありませんが、緊急な用件なので」

と、十津川が、いうと、啓子は、コーヒーをいれながら、

「私の車が、トラックに追突されたということなら、あれは間違いですよ。狭い道でUタ

ーンしようとして、ぶつけてしまったんです。電柱に」

と、いった。

「その件も、少し関係があるんですが、今日、伺ったのは、ご主人の手帳のことなんですよ」

「見つかったんですか？」

「ええ。見つかりました」

「それで持って来て下さったんですか？」

「実は、手帳を読み直してみました。なぜ、この手帳をめぐって、殺人が起きるのだろうかとね。奥さんは、その理由を、ご存知ですか？」

十津川は、しらばっくれて、わざときいてみた。

「いえ。知りませんけど――」

「わからない？」

「ええ。ただのメモですから」

「そうなんですよ。あれはただのメモなんです。ご主人は几帳面《きちょうめん》な人で、病院に見舞いに来てくれた人。或《あ》るいは、電話見舞いの人の名前と、日時を、克明につけていたんです。それはご存知ですね？」

「ええ。あとで退院したとき、礼状を書きたいからと、主人は申していましたから」

と、啓子は、いった。

「そうなんです。手帳に書いてあったのは、それだけなんです」

十津川は、「それだけ」を、強調するいい方をした。

明らかに啓子は、動揺して、

「それだけ――」

と、呟《つぶや》いた。

(やっぱり、啓子は、気付いていないのだ)

と、十津川は、思いながら、

「ところが、ある人間にとって、その几帳面なメモが、命取りだったんですよ」

と、いった。

「よくわかりませんけど――」

「ご主人が、もっと大雑把な人だったら、殺されずにすんだかも知れないんですよ。例えば、何回も見舞いに来ている友人、知人が、六月七日にも、見舞いに行ったよといえば、そうだったかなですんでしまう。ところが、毎日、きちんとメモしていると、その人が六月七日に見舞いに行ってたといっても、いや、君が来たのは、六月六日で、七日じゃないとわかってしまうんです」

「それが、何か?」

「ある人間が、この六月七日に、東京で殺人をやったとします。アリバイとして、その時間には、仙台の病院に、田中伸彦という友人を見舞っていたと主張したとします。何回も見舞いに行ってるから、その日も、来ていたかも知れないということになります。しかし、あの手帳があると、はっきりと、アリバイが崩れてしまいます。その人間にとっては、あの手帳が、怖い存在になるんですよ」

と、十津川は、いった。

「――」

啓子は、黙ってしまった。

ショックだったらしい。

手帳の意味を、そんな風には、考えていなかったのが、十津川にもよくわかった。

「大丈夫ですか？」

と、十津川は、きいた。

「主人の手帳のことですけど――」

と、啓子が、いった。

「わかっています。今、あなたが、持っているんでしょう？」

「どうして、ご存知なんですか？」

「じっと見ていれば、わかりますよ。トランプのババ抜きですからね。今、何処に、ジョーカーがあるかわかります」

「私は、あの手帳を欲しがる人が、きっと、主人を殺したに違いないと、思って――」

「それは当たっていたんです。ただ、相手が、なぜ、手帳を欲しがるのか、その理由がわからなかったんでしょう？」

と、十津川は、いった。

「そうなんです」

「多分、犯人は、最初のうち、あなたが全てを知って、手帳を、刑事の私に渡したと思ったんじゃないかな。地元の県警は、病死と決めて、取り合ってくれないので、何かの縁で知り合った警視庁の私を、葬儀に呼び、手帳を渡したと思ったんです。だから、必死になって、手帳を奪おうとしたんでしょう。池宮さんを殺したあたりまでは同じ気持ちだったと思います。ところが、次第に、少しずつ、変だなと思い始めた。あなたが、手帳の本当の怖さ、これは犯人にとってということですが、を、知らないらしいと、わかり始めたんじゃないか」

「――」

「もし、手帳の本当の怖さがわかっていれば、手帳のメモに従って、あなたも、私たちも、自分の身辺を調べている筈《はず》だと、犯人は思ったんでしょうね。ところが、調べられずにいる。そこで犯人は、考えたんです。あなたは手帳の持つ本当の意味を知らずにいる。それなら、手帳自体を奪わなくても、あなたを殺してしまえば、静かになるのではないか。それも、事故に見せかけて殺してしまえば、自分に危険は迫らないと、犯人は判断したんじゃないか」

「じゃあ、私の車にトラックがぶつかって来たのは、そのためだったんですか？」

と、啓子が、呟く。

「やっぱり、ぶつけられたんですね？」

「塩釜の帰りに、追突されました」

「しかし、どうして、途中でコースを変えて、逃げるような走り方をしたんですか？」

十津川が、きくと、啓子は、笑って、

「刑事さんが、あんまりしつこく尾行してくるんで、これでは犯人も出て来ないんじゃないかと思って。でも刑事さん以外のトラックも、尾行していたんですね」

と、いった。

「それで、問題の手帳を、見せて貰えませんか」

と、十津川は、いった。

啓子は奥から、手帳を持って来て、二人の前に置いた。

「一ページだけ、破かれているんですけど」

と、いう。

十津川は、ポケットから、問題のページをコピーしたものを取り出した。

「これが、そのページのコピーです」

と、十津川が、いうと、啓子は、眼を丸くして、

「どうしてそれを、十津川さんが？」

「あなたは、東京の私立探偵の高見明に頼んで、私から手帳を奪わせた」

「ええ。申しわけございません。何とかして、主人を殺した犯人を見つけたくてしたんです」

「高見は五百万貰《もら》って、私から手帳を奪い、東京に着くと、約束どおり、用意しておいた封筒に入れて、ポストに投函《とうかん》したんですね？」

「ええ」

「しかし、高見も、一筋縄じゃいかない男ですから、あなたが五百万も払ったんだから、値打ちのあるものと思って、一ページ分だけ破いて、丸めて、自分のポケットにかくしたんですよ。その一ページを、誰かに高く売りつけようと思ったんでしょうね」

「それは、主人を殺した犯人でしょうか？」

「多分ね」

「どうして犯人は、あの私立探偵のことを知っていたんでしょう？」

「これは、私の勝手な想像なんですが、犯人は、高見を知っていたんじゃなくて、私をマークしていたんだと思いますよ。東京の刑事が、突然、葬儀に出て来たんですから、犯人は当然、マークしますよ。その刑事が、手帳を受け取って、帰京するというので、犯人も、同じ列車に乗ったと思うのです。私の様子を、監視するためにね」

「ええ」

「ところがもう一人、高見も、私の様子を窺《うかが》っていたわけです。そして、私は眠ってしまった。犯人は、私が列車のなかで、問題の手帳を見ていたのを知っていたから、探したが、見つからなかった。そこで、自分以外に、男が一人、私のことを見ていたのを思い出して、東京駅で探したんだと思います。高見の方は、東京駅で封筒を投函した。その直後に、犯人は高見を見つけたんでしょう。そして、手帳を高く買うと、取引きを申し出た。高見はもちろん、持っているような素振りを見せて、気を引いた。ところが、犯人は高見が持っていないと気付き、口封じに殺してしまったんですよ」

「高見さんの恋人も、殺されてしまったんでしたね」

「犯人は、高見があなたに、郵送したとは思わなかった。当然ですよね。犯人は、あなたが刑事の私に、手帳を渡して、調べて貰うつもりだと考えていた。その手帳を、あなた自身が盗ませるなんて、考えつきませんからね。そこで、高見が、自分の恋人の江口ゆきに渡したと思ったんです。自然の推理ですよ。そこで、恋人を、手帳もろとも焼き殺してしまおうと思ったんでしょう」

十津川が、いうと、啓子は、溜息《ためいき》をついて、

「私が、小細工したばっかりに、あの高見さんや、彼の恋人まで、死なせてしまって、申しわけないことをしたと思っているんです。私としたら、主人の遺《のこ》した手帳に、望みを持たせたかったんです」

「わかりますよ。犯人を追いつめる道具にしたかったんだ」

「ええ」

「それでは、この手帳から、ご主人を殺した犯人を、見つけ出しましょうか」

と、十津川は、いった。

「でも、誰が犯人かは、書いてありませんわ」

と、啓子は、いった。

「わかっています」

と、十津川は、肯《うなず》いた。

3

「犯人について、私は、手帳を見るまでもなく、二つのことが、わかっていると思っています」

と、十津川は、いった。

「どんなことでしょうか？」

啓子は、じっと、十津川を見た。

「一つは、ご主人とは、表面上は仲が良くて、何回も見舞いに来ていた人間だということです。だから、ご主人が、手帳にメモしていることも知っていたんです」

「ええ」

「もう一つは、東京にもよく行っている人間だということです。犯人は、東京で高見も、江口ゆきも殺しています。東京の地理に明るかったと考えられるからです」

と、十津川は、いった。

「主人の友人ということでしょうか？」

「そうです」

「それに、東京へよく行く人？」

「そうです」

「でも、最近は、仙台と東京の距離も近くなりましたから、たいていの人が、しばしば、東京へ行くと思いますけど」

「ただの旅行ではなく、仕事で行くことが多かった人間だと思っています」

と、十津川は、いった。

手帳には、何百人もの人間の名前が、出てくる。それだけ、田中伸彦の交際の範囲が広いということなのだろう。

たった一度しか、見舞いに来ていない人は、消していった。

それから、啓子が、夫と仲が良く、仕事で時々、東京へ行く人間の名前を書き出していった。

五人の名前が、残った。

中島圭介《なかじまけいすけ》

加納正之《かのうまさゆき》

川西邦男《かわにしくにお》
藤木英太郎《ふじきえいたろう》
南条文明《なんじょうふみあき》

の五人である。

その五人について、啓子が説明してくれている時、十津川の携帯が鳴った。

西本からだった。

「ちょっと、お知らせしておきたい事が、起きました」

と、西本が、いった。

「何だ？」

「亡くなった田中伸彦と親しかった友人の一人が、亡くなったと、今、県警から、知らせがあったんです」

「その人の名前は？」

「川西邦男です。五十歳。市内で、ラーメンのチェーン店をやっている社長です」

と、西本は、いった。

十津川は、反射的に、今、書き出したメモを見た。そこに、川西邦男の名前があった。

「殺されたのか？」

思わず、力が籠《こも》った。

「広瀬《ひろせ》川に、死体で浮かんでいたそうですが、殺された可能性が、強いといっています。これから、水巻《みずまき》刑事に、詳しいことを聞きに、行って来ます」

「何かわかったら、すぐ、知らせてくれ」

と、十津川は、いった。

十津川が、啓子に、それを話すと、彼女が、青ざめた顔になって、

「ひょっとして川西さんも、同じ犯人に、殺されたんでしょうか？」

と、きいた。

「断定は出来ませんが、大いに考えられますね」

「でも、どうして、川西さんまでが」

「川西さんというのは、どういう人ですか？」

と、亀井が、きいた。

「フランス料理の店をやっていて失敗して、店を閉めてしまった人なんです。その後、ラーメン店を出して成功して、市内や近郊に、十二店のチェーン店を出すまでになった方です。最近は、東京に進出したいといって、時々、上京していらっしゃったんですけど」

と、啓子は、いった。

「よく、見舞いにみえていますね」

「主人は、ラーメンが好きで、よく、この方の店に食べに行っていましたから。私も行きましたよ」

「このなかで、川西さんと一番親しかったのは、誰ですか？」

と、十津川は、きいた。

「中島圭介さんだと思います」

「この人は、どんな人です？」

「蒲鉾《かまぼこ》の会社の社長さんです。工場も持っていて、東京にも、支店を出していらっしゃいます。うちの店もここから、蒲鉾を仕入れていますわ」

と、啓子は、いった。

「いくつぐらいの人ですか？」

「川西さんと同じ五十代だと思います。前には、市会議員もやっておられたんです」

「手帳を見ると川西さんと、二人で揃って、見舞いにも来ていますね」

と、十津川は、手帳を見ながら、いった。

「ええ」

「東京に支店を持ったのは、かなり前からなんだろうか？」

「と思います。蒲鉾の老舗《しにせ》ですから」

啓子は、紳士録を持ち出して来た。

なるほど、それに中島圭介の名前も、のっていた。

年齢は、五十三歳。市会議員もやったことがあり、東京の支店は、西新宿にあった。

一時間後に、また、西本から、携帯が入った。

「川西邦男は水死ではなく、首をロープで絞められていることが、わかりました」

「他殺だな」

「そうです」

「君と北条クンは、すぐ東京へ戻って、中島圭介という男のことを調べてくれ」

「何者ですか？」

「仙台の有力者で、川西邦男とも、田中伸彦とも親しかった人間だ」

「その男が、犯人ですか？」

「可能性がある。仙台で、蒲鉾の会社をやっていて、東京に支店も出している。支店は、西新宿だ。彼はその関係で、よく上京しているが、東京で、何か事件を起こしていないか知りたいんだよ」

と、十津川は、いった。

このあと、十津川は、手帳を預かって、亀井とホテルに戻った。

翌日、西本と北条早苗の二人は、東京で捜査を開始した。

他の刑事も協力して、たちまち中島圭介のことを、調べ上げた。

「中島は、東京の新宿にマンションを持っていて、上京した場合は、そこに泊っています」

と、北条早苗が、報告した。

「何か、東京で、事件を起こしているか？」

と、十津川が、きいた。

「六本木《ろっぽんぎ》に、Sというクラブがあります。そこのナンバーワンホステスのあけみこと、永《なが》井《い》ゆかという二十八歳の女が、自宅マンションで、殺されました。六月十二日の午後七時で、この日、彼女は、店を休んでいるんです。彼女自身が、ドアを開けて、犯人を入れたと見られるので、店の常連客が疑われました」

「そのなかに、中島圭介もいたわけだな？」

「東京に来たときは、よく行っていたそうです。この時、五、六人が調べられて、そのなかに、中島圭介の名前も出ています」

「それで？」

「中島は、こう答えています。六月十二日の午後八時に、仙台の病院に、入院中の友人を見舞いに行ったと、アリバイを説明しているんです」

「やっぱりな」

「担当した刑事が調べて、アリバイが成立したとなっています」

「まさか、当人の話を、そのまま、鵜《う》呑《の》みにしたんじゃあるまいね？」

「それは、ありません。中島は、十二日は、友人の一人と、一緒に午後八時に見舞いに行ったというので、その友人に話を聞いています」

「その友人というのは、川西邦男じゃないのか？」

「そうです。ラーメンのチェーン店をやっている川西邦男という男に、電話したところ、間違いなく、中島圭介と一緒に、入院中の田中伸彦の見舞いに行ったという返事だったので、アリバイが成立したということです」

と、早苗は、いった。

十津川は、手帳の六月十二日のページを開いてみた。

「六月十二日には、川西邦男一人の名前しかのっていないぞ。だからこの日は、川西邦男は、一人で、見舞いに行ってるんだ」

「それなら、なぜ、川西は、二人で、六月十二日に、見舞いに行ったと、証言したんでしょうか？」

「二つ考えられるな。中島に頼まれて、偽証したのか、それとも、何回か二人揃って、見舞いに行ってるみたいだから、中島がいっているのなら、その日も一緒に見舞いに行ったのだろうと、簡単に考えて証言したのかも知れないな」

と、十津川は、いった。

亀井が、傍から、十津川に、いった。

「この事件は、アリバイ成立で、終わったんでしょうね。中島はほっとしていたが、田中伸彦が克明に、手帳にメモしているのを知って、不安になってきたんでしょうね」

「東京の事件が再捜査になって、警視庁が入院中の田中伸彦に質問したら、大変だと中島は不安になったんだろう。田中が手帳を見せたら、六月十二日には、中島が見舞いに行ってないことがわかって、アリバイが、崩れてしまうからね。そこで、田中の口を封じてしまおうと、砒素《ひそ》を飲ませ始めたんだ」

「中島の不安は、わかりますね」

と、亀井は、いった。

「彼はまんまと、田中伸彦を殺して、病死に出来た。それでほっとしていたら、未亡人の啓子が、妙なことを始めた。彼女自身は、東京のホステス殺しのことなんか、全く考えずにやっていたんだが、中島は、やましいところがあるから、そうは、考えなかったんだな」

「それで、まず、手帳を手に入れようとしたんですね」

と、亀井が、いった。

「彼女が、手帳の本当の意味を知らないとわかって、彼女を殺してしまえばと思い、トラック運転手に金を渡して、追突させた。だが、失敗した」

「その上、私たちが、再び彼女と接触し始めたので、六月十二日の事件が、バレたのではないかと思い、偽証してくれた友人の川西邦男の口を封じようとしたんですね」

と、亀井が、いった。

「人間というのは、つくづく悲しいものだと思うね。殺人を犯す。それを隠そうとすると、また、次の殺人を犯すことになるんだ」

と、十津川は、いった。

「これからどうしますか？　中島圭介という男は、一筋縄ではいかないと思いますよ」

と、亀井が、いった。

「そうだな。仙台の有力者だからな。簡単に、全てを認めるとは、思えないね」

「こちらには、田中伸彦の手帳という有力な証拠がありますが」

と、亀井は、いった。

「われわれは、有力な証拠と考えているが、中島は、きっとこう反論するだろう。六月十二日には間違いなく、川西邦男と二人で見舞いに行った。田中伸彦はうっかり、私の名前を書き忘れたんだろうとね」

「それで、押し通しますかね」

「嘘だと思うのなら、その日、一緒に行った友人の川西邦男に聞いてくれればわかるともね」

「その川西は死んでいるから、どうにも出来ないというわけですね」

「大事な証人を、殺す筈《はず》はないだろうとも、いうだろうね」

と、十津川は、いった。

「なるほど。そのくらいのことは、いうでしょうね」

亀井も、肯《うなず》いた。

「それを考えると、問題の手帳は、一度しか使えないな」

「そうですね。下手をすると、中島に、見すかされる危険があります。川西邦男もいませんから」

「直ちに中島は逮捕せず、東京のホステス殺しについて、もう少し調べてみよう」

と、十津川は、いった。

六月十二日のこの事件の捜査に当たったのは、高梨《たかなし》という警部だった。

現在も、犯人が見つからず、捜査中だった。

十津川は帰京して、高梨から話を聞くことにした。

第七章　最後の罠

1

帰京すると、十津川は同じ捜査一課の高梨警部に会った。

高梨はひと回り年上で、十津川の先輩にあたる。高梨に今までの経緯を話した。

高梨は目を光らせて、

「じゃあ、永井ゆか殺しの犯人は中島圭介なのか」

と、きいた。

「状況証拠から見て、彼に間違いありません。手帳から考えて六月十二日のアリバイは、中島にはありません」

「しかし、中島は手帳を否定するだろう。その時どうするんだ」

と、高梨がきいた。

「確かに、決定的な証拠はありません。また、川西が殺されたので、六月十二日に中島が仙台にいなかったという証明ができません」

と、十津川はいった。

高梨は考えてから、

「とにかく、もう一度、中島を呼んでみよう」

「その尋問の様子を私にも聞かせてください」

と、十津川はいった。

翌日、中島が上京してきた。

高梨が尋問にあたり、それを十津川が側できくことになった。

「六月十二日にあなたは仙台で、田中さんの見舞いに川西さんと行っていたと証言していますが、実際には行っていませんね」

と、高梨がきいた。

中島は顔色を変えて、

「証拠があるんですか？　ボクは間違いなく六月十二日の午後八時に田中さんの見舞いに行っていました。前に言った通りです。疑うなら川西さんに聞いてください」

「その川西さんは死んでいますよ」

「残念です。もし生きていたら、ボクのために証言してくれたのに」

と、中島がいった。

「都合よく川西さんは死んだものですね」

「あなたが殺したという噂がありますが、どうですか？」

と、横から十津川がいった。

中島は険しい表情になって、

「とんでもない。ボクの大事な証人を殺すはずがないじゃありませんか。不愉快だ」

と、いった。

十津川は聞いていて、予想通りの証言だと思った。

「田中さんが残した手帳を知っていますか？」

と、十津川がきいた。

「知りませんよ。何のことですか？」

「あなたの欲しがっている手帳ですよ。その手帳を手に入れるために、何人も殺したんじゃないんですか？」

「ばかばかしい。そんなことを言うなら、それを証明してください。ボクも一つの企業の社長ですから、こうなれば警察を告訴しますよ」

「まあまあ、あなたにも言い分があるでしょうから、今日は一応帰っていただけませんか」

と、高梨が優しくいった。

中島が帰った後、高梨が十津川を見て、

「これでいいのかい？」

と、きいた。

十津川は笑って、

「まあ、予想した通りの反応でした。問題は彼をどうやって自供させるかですが……」

「ワナにかけるか？」

と、高梨が言った。

「ワナって何です？　東京での殺人に目撃者がいると脅かしますか？　裁判になったら目撃者がいないことがわかってしまいますよ。そうなれば、公判が維持できなくなりますよ」

と、十津川がいった。

「しかし、このままでは中島は絶対にやったとは言わないよ」

と、高梨がいった。

十津川は取調室を出ると、亀井に相談した。

「このままでは進展はない。高梨警部はワナをかけると言っているが、どうしたもんだろう？」

「まあ、うまく行けばいいですが、失敗したら中島は完全に白になってしまいますね」

と、亀井がいった。

「そうなんだよ。裁判で白になったら二度とこの事件で中島を追及はできない」

と、十津川はいった。

「何とか、手帳を生かせればいいんですが」

と、亀井がいった。

「私たちは手帳の記述が正確だと知っているが、それを裁判で認めてくれるかどうかはわからない」

と、十津川はいった。

十津川は、手帳の言葉を考えてみた。

彼の目から見て、確かにあの記述は信用できる。しかし、殺人事件の決定的な証拠とは考えられないだろう。あの手帳だけで中島を逮捕、起訴することは難しい。中島が黒ということははっきりしている。しかし、それと逮捕できるということは別なのだ。

その時、十津川の携帯が鳴った。出ると、相手は田中啓子だった。

「どうなりました？」

と、彼女がきく。

「予想通りですよ。中島は手帳のことを否定しました」

「そうですか」

と、啓子が短かくいった。

「このままでは、中島を逮捕できません」

「じゃあ、肝心の手帳は何の役にも立たないんですか」

と、啓子がきいた。

「そんなことはありません。あの手帳のおかげで、中島が東京の殺人事件の犯人であることは確かです。また、それを隠そうとして、ご主人を病死に見せかけて殺したことも間違いないことです」

「でも、中島さんを逮捕できないんでしょう？」

と、啓子がきく。

「今はできません。時間が必要です」

と、十津川は言った。

「待てません」

と、啓子がいう。

「危険なことはしないでください」

「そんなことはしませんわ」

といって、啓子は電話を切ってしまった。

十津川は不安に襲われた。啓子が何かをしようとしていることは間違いないと思った。仙台でも動き回って、彼女は犯人に狙われている。同じことが起きるのではないか。

十津川は、亀井にきいた。

「カメさんは彼女が何をするか、想像がつくかね？」

「多分、手帳を利用して中島をワナにかけると思います」

「あの手帳がどう利用できると思うんだ？」

「私にもそれはわかりませんが、何か危険なことを考えると思います。彼女は夫の仇《あだ》を討つのに必死ですから」

「また誰かが死ななければいいと思うんだがね」

「今度死ぬのは多分、彼女自身になるんじゃありませんか？」

と、亀井がいった。

「カメさんもそう思うか」

「もう自分自身を囮《おとり》に使う以外、中島を引っ掛ける方法はないんじゃありませんか？」

と、亀井は重い口調でいった。

十津川も、同じことを考えた。ただ、どんな方法を彼女が使おうとしているのか、今は想像ができない。わかっているのはそれが危険な賭《か》けになるだろうということだった。

2

翌日、中島は仙台へ帰っていった。十津川としては、それをただ見送るより仕方なかった。

啓子は仙台で中島を待ち受けているだろう。

「カメさん、われわれももう一度仙台へ行ってみようじゃないか。彼女が何をするか知りたいんだ」

と、十津川はいった。

「行きましょう。私も心配です」

と、亀井がすぐ応じた。

二人は午後の新幹線で仙台へ向かった。仙台に着くと、すぐ田中啓子の店を訪ねた。しかし、彼女はいなかった。店の人間に行先を尋ねたが、誰も知らないという。次に中島の会社に電話してみた。彼も留守だった。

十津川は時計を見た。午後五時を回っている。まもなく夕暮れになる。そのことが十津川を不安にした。何か事件が動いているような気がするのだ。

田中啓子は警察に頼らず、自分で夫の仇を討とうとしている。それは間違いない。そのことが成功するかどうか、十津川には判断がつかなかった。

いや、啓子自身にもわかっていないのではないか？　彼女には手帳以外に中島を追いつめる武器はないはずである。だが、どうやって手帳を使うのだろうか？

「中島は手帳の中身を知りません。それを彼女は利用するんじゃありませんか？」

と、亀井がいった。

「どんなふうにだ？」

と、十津川がきいた。

「多分、あの手帳に中島が犯人だという、確かな記述があると、彼女は彼にいうんじゃありませんか？」

と、亀井がいった。

「それを中島が信用するだろうか？」

と、十津川が聞いた。

「信じさせるように、彼女は持っていくんじゃありませんか？」

「もし、中島がそれを信用したら、彼は間違いなく彼女を殺すよ」

と、十津川がいった。

「いずれにしろ、彼女は危険な縁《ふち》を歩いているんですね」

と、亀井がいった。

「二人ともいないということは、彼女が中島を誘い出したか、逆に中島が彼女を誘い出したかのどちらかだろう」

と、十津川がいった。

十津川はまた時計に目をやった。五時三十分。まもなく仙台は暗くなる。その暗さのなかで何が行われるのだろうか？

二人は仙台の地図を広げた。啓子が中島を誘い出したとすると、場所はどこだろう？中島が啓子を誘い出したとすると、その場所はどこだろうか？

「秋保温泉じゃありませんか？」

と、亀井がいった。

「多分二人がどちらを誘い出すにしても、秋保なら格好な場所だな」

と、十津川もうなずいた。

「とにかく、秋保に行ってみよう」

と、十津川は間をおいていった。

二人はタクシーを拾って秋保温泉へ向かった。どんどん窓の外の景色が暗くなっていく。タクシーが秋保に着いた時は完全に暗くなっていた。川沿いのホテルや旅館には明かりが点《つ》いている。そのどこに彼女と中島がいるかわからなかった。

一軒一軒聞いて回る時間はない。仕方なく、二人は秋保のなかの派出所に行った。

その派出所の巡査に会った。

「ここで何か事件は起きていないか？」

と、亀井がきいた。

「事件って何ですか？」

若い巡査が呑気《のんき》に聞き返した。

「事件と言えば、事件に決っているじゃないか」

と、亀井が怒ったような口調でいった。

若い巡査は、急にびっくりしたような顔つきになって、

「ここで何か危ないことでもあるんですか？」

と、二人にきいた。

十津川はどういっていいかわからず、

「どんなことでもいいんだ。何か起きていないかね」

と、きいた。

「何もありませんよ。呑気なものですよ」

と、巡査がいった。

「本当に何も起きていないのか」

「酔っ払いが芸者を殴って、ケガさせたという話が一つだけありますが、事件といえるのはそれだけですよ」

と、巡査がいった。

二人は顔を見合せた。まだ事件は起きていないのだろうか？　それとも、場所が違っているのだろうか？　もし、場所が違っていれば、ここに来たことは何の意味もなくなってしまう。十津川の顔にいらだちの表情が浮かんだ。

しかし、十津川にはこの秋保温泉以外に思い当たる場所はない。田中啓子が十津川たちに紹介してくれたのも、この秋保温泉である。それを考えると、彼女が場所として選ぶとすれば、この秋保以外にないのではないか。

とにかく、考えなくてはならない。田中啓子は夫の仇を討とうとしている。犯人が中島であることも知っている。中島は夫の親しい友人だ。

それにもう一つ、手帳という武器がある。それを利用するだろう。まず、電話をかけて中島をおびき出す。どういったら中島はその言葉に欺《だま》されて出てくるだろうか？

「カメさんが田中啓子だとして考えてみてくれ」

と、十津川は亀井にいった。

「私がですか？」

「そうだよ。キミが彼女だとして考えてみてくれ」

「そうですね」

　と、亀井が宙を睨《にら》んだ。

「多分、彼女はこんなことを中島に告げるんじゃありませんか？　亡くなる前、主人は川西さんが東京の事件について偽証したこと、主人はそのことを死ぬ直前の手帳に書き留めていたのもわかりました。それが何のことかわからなかったけれど、今になってやっとわかりました。このことを東京の刑事さんに手帳を添えて報告するつもりです。その前にあなたの話をききたいと思います。と、中島にいうんじゃありませんか？」

「それだけで、中島が呼び出されて来るだろうか？」

　と、十津川がきいた。

「中島は亡くなった田中の親しい友人ですし、啓子もよく知っています。だから、啓子がとにかくあなたの話をききたいといえば、中島は必ず話し合いに来るんじゃないでしょうかねえ」

　と、亀井がいった。

「とすると、中島は最初から啓子を殺して手帳を奪うつもりで会いに来るわけだな」

　と、十津川が言った。

「そうだと思います。もちろん、啓子にもその覚悟ができていて、中島を呼び出すつもりだと思います」

「カメさんのいう通りだとして、やはり問題は場所だな」

と、十津川がいった。

亡くなった田中は、よく秋保温泉を利用していた。そのホテルならば、彼女が中島を呼び出したとしても不自然ではない。

そのホテルの名前が知りたい。

十津川は秋保で有名なホテルに、片っ端から電話をかけてみた。田中伸彦が贔屓《ひいき》にしていたホテルの名前を聞き出したいのだ。

ホテルSが、長年、田中伸彦が贔屓にしていたとわかった。

そのフロントに今日、田中啓子が泊っていませんかときいてみた。

フロントは一瞬間をおいて、

「お泊りにはなっていません」

と、いった。

その一瞬の間に十津川は、引っかかった。

「カメさん、このホテルに行ってみよう」

と、十津川がいった。

二人は秋保で一、二を争うホテルSに急行した。フロントで警察手帳を見せて、

「田中啓子さんが来ているんじゃないか？」

と、きいた。

「いいえ、いらっしゃってません」

と、フロント係がいう。

「これは殺人事件なんだ。キミがウソをつくと、また一人、人が死ぬんだ。それがわかっているのか？」

と、十津川が強い調子でいった
フロント係の顔色が変わった。

「本当に人が死ぬんですか？」

「死ぬよ」

と、十津川が怖い目をした。

フロント係は急におびえた目になって、

「もし、そんなことが起きたら、私の責任になりますかね？」

「なるね」

「実は――」

と、ためらいがちにフロント係がいった。

「今日の午後四時ごろ、田中啓子様がいらっしゃいました。でも、今はお部屋にはいらっしゃいません」

「どういうことだ？」

と、亀井が大きな声を出した。

「午後五時ごろ、車でお出かけになりました」

「どこに行ったんだ？」

亀井の声が、一層大きくなった。

「場所はわかりません。まだお帰りになっていません」

「どんな車だ？」

と、十津川がきいた。

「ライトバンで、店の名前がボディに書いてありました」

と、フロント係がいった。

あの車だと十津川は思った。トラックに追突されたライトバンである。多分、中島に電話をかけて場所を決めて、二人が落ち合ったのだ。そこはどこだろうか？

十津川は宮城県警に電話をかけた。杉浦警部に協力を要請した。

「今、この秋保温泉のどこかで事件が起ころうとしています。田中啓子が夫を殺した犯人の中島圭介を殺そうとしているのか、逆に、中島が田中啓子を殺そうとしているのかはわかりませんが、いずれにしても、どちらかが殺されようとしています。場所がわからないので、秋保周辺を探してください」

と、十津川は杉浦警部にいった。

その後、十津川は亀井と二人でタクシーに乗り、秋保のなかを走り回ることになった。

川沿いの温泉街を走り、有名な秋保大滝の周辺を走り回った。

だが、田中啓子も中島も見つからない。時間ばかりが経っていく。

急にパトカーのサイレンが聞こえて、宮城県警のパトカーが走り去って行った。続いて、また別のパトカーのサイレンが聞こえた。県警が探し回っているのだ。

「何が始まったんですか？」

と、タクシーの運転手が眉《まゆ》をひそめて、十津川にきいた。

「人探しだよ」

と、十津川がぶっきらぼうにいった。

「もう暗くなってますよ。こんな状態じゃ、なかなか見つからないんじゃないんですか？」

と、運転手がいった。

その通りだった。秋保温泉全体が夜の闇に包まれてしまっている。こんな状態で人間を一人見つけるのは大変だろう。

だが、この闇の中に間違いなく、田中啓子と中島がいるのだ。そして、片方は死体になっているだろう。

十津川はタクシーから降りて、川沿いの土手に上り、周囲を見回した。ホテルの灯《あか》りがひどくまぶしい。どこからか、賑《にぎ》やかな宴会の響きが聞こえてくる。そのことが十津川をなおさら苛立《いらだ》たせた。

遠くでまた、パトカーのサイレンの音が聞こえた。それが十津川には悲鳴に聞こえた。温泉街を流れる川面を渡ってくる風が冷たかった。しかし、十津川はその冷たさを感じなかった。亀井も車を降りて十津川のそばにやってきた。

「警部、田中啓子は本当に中島を誘い出したんでしょうか？」

と、亀井がきいた。

「他に考えようがないよ」

「誘い出すエサに手帳を使ったんでしょうか？」

「もちろん、手帳以外に誘い出せるものはないと思うね」

「しかし、手帳は警部がお持ちのはずですよね？」

と、亀井がいった。

「確かに、私が持っている。だから、田中啓子は偽の手帳を作ったんじゃないだろうか？ それを使って中島を誘い出したんだろうと思う」

「どんな手帳を作ったんでしょうか？」

と、亀井がきいた時、十津川の携帯が鳴った。

宮城県警の杉浦警部からだった。杉浦の声が甲高く緊張していた。

「十津川さん、田中啓子の車が見つかりましたよ」

と、杉浦がいった。

「どこで見つかったんですか？」

と、十津川がきく。

「湯元《ゆもと》公園のそばです。すぐ来てください」

と、杉浦がいった。

「それで、彼女は？」

と、十津川がいった。

「とにかく来てください」

と、また杉浦がいった。

十津川と亀井はタクシーに乗り込むとすぐ、

「湯元公園に行ってくれ」

と、十津川がいった。

「何か面白い事件ですか？」

と、運転手が覗《のぞ》き込むようにしてきいた。

「早くやれ！」

と、亀井が怒鳴った。

二人を乗せたタクシーは川を渡り、坂道を登っていった。その坂の頂上に湯元公園があった。暗い公園のそばで県警のパトカーが二台停まっていた。

十津川たちは途中で降りてタクシーを帰してから、そのパトカーに近づいていった。二台のパトカーの先にライトバンが停まっていた。刑事たちの懐中電灯が、そのライトバンの運転席を照らしている。

十津川が覗き込むと、運転席に田中啓子が倒れていた。杉浦警部が寄ってきて、

「われわれが見つけた時、彼女はもう死んでいましたよ」

と、いった。

確かに彼女はぐったりとのびている。県警の刑事たちが力を合わせて、彼女の身体を車の外に運び出した。彼女ののどに、絞められた跡が見えた。

「警部、彼女、笑っていますよ」

と、亀井がいった。

確かに、死んだ田中啓子の顔は笑っているように見えた。

「おかしいな」

と、十津川がいった。

絞められれば、苦悶《くもん》の表情が残るものである。それなのに口元が笑っているように見えるのだ。

県警の検視官が、彼女の身体の傍にひざまずいて、死因を調べている。

「絞殺だね」

と、検視官がいった。

「どのくらい経っていますか？」

と、杉浦警部が聞いた。

「三時間ぐらいかな」

と、検視官がいった。

一人の刑事が壊れたボイスレコーダーを杉浦に見せた。

「これが車のなかに落ちていました」

と、その刑事がいった。

テープを使わない小さなボイスレコーダーである。叩《たた》き壊したみたいに、そのボイスレコーダーは壊れていた。紐《ひも》がついていたが、その紐が途中で切れている。

「多分、このボイスレコーダーは、彼女が首からかけていたものだと思いますね」

と、杉浦が十津川にいった。

「犯人がそれを引きちぎって壊したんでしょうか？」

と、十津川がきいた。

「おそらく、彼女はそのボイスレコーダーを首にかけて、犯人との対話を録音しようと思ったんでしょう。それに犯人が気づいて、引きちぎって壊したんだと思いますよ」

と、杉浦がいった。

「こんなものを首からかけていたら、犯人に見つかるに決っているじゃないですか」

と、亀井がいった。

確かにその通りだった。犯人だって、彼女と会うのに用心深くしているだろう。その犯人に向かって、これ見よがしにボイスレコーダーを見せたら、犯人が怒るに決っていた。

でも、なぜ見せたのだろうか？

「そばに他の車のタイヤの跡が見えますよ」

と、県警の刑事が大きな声で杉浦にいった。

「多分、犯人は車で来て、ここで落ち合ったのでしょう」

と、杉浦が十津川にいった。

その犯人は中島に違いないと、十津川は思った。田中啓子がここに中島を呼び出したのか、それとも、中島がここに彼女を呼び出したのかはわからないが、とにかくここで二人は会ったのだ。

会って話をしている途中で、犯人はかっとなって、彼女を殺したに違いない。それとも、初めから犯人は殺すつもりだったのだろうか。

懐中電灯を照らしながら、車の周囲を探したが、これはと思うものは見つからなかった。

やがて、県警の鑑識が来て、ライトバンのなかの指紋を採取し始めた。その鑑識の一人が杉浦に向かって、

「犯人の指紋は出そうもありませんね。どうやら手袋を使っていたようです」

と、いった。

死体は、司法解剖のために運ばれていった。

「十津川さん、一緒に署まで行きますか？」

と、杉浦が誘った。

十津川はちょっと考えてから、

「いや、歩いて帰ります」

と、杉浦にいった。

県警のパトカーと鑑識の車が走り去った後、十津川と亀井は、二人で温泉街に向かって坂を下りていった。二人ともしばらく黙っていた。十津川はひどく疲れているのを感じた。こうなるとわかっていたのに、なぜそれを止められなかったのだろうか？　その悔しい思いが、十津川を沈黙させてしまうのだ。

温泉街に下りてからしばらくの間、川沿いに土手を歩いて行った。

ふと亀井が、

「気になりますね」

と、いった。

「何が？」

と、十津川がきく。

「あの笑顔ですよ」

と、亀井がいった。

「笑っているところを見ると、殺されることを覚悟して行ったんだろうか？」

と、十津川がいった。

しかし、覚悟して行ったとしても、殺される瞬間、笑うということはないだろう、と、十津川は思う。何か理由があって、笑顔が残ったのだ。

しばらく二人は歩いてから、タクシーを拾って仙台市に帰った。そのまままっすぐに、中島の会社のオフィスに向かった。まだ夜も明けていない。

会社の扉は閉まっていたが、十津川は強引に扉を叩いた。

しばらくそうしていると、中から物音がして扉が開いた。出てきたのは中島本人だ。

「また、あなたたちですか」

と、中島はうるさそうな顔をした。

「どこから帰ってきたんだ？」

と、亀井がきいた。

「ちゃんと会社にいましたよ」

と、中島がいう。

「秋保へ行って、田中啓子を殺してきたんじゃないのか？」

と、亀井がきいた。

「バカをいっちゃいけませんよ。なぜ、そんなことをしなくちゃいけないんですか？」

と、中島が苦笑して見せた。

「夕方の六時ごろ電話した時は、キミはいなかったよ」

と、十津川がいった。

「電話が鳴ったけど、うるさいので出なかったんですよ」

と、中島がいった。

「信じられないな」

と、十津川がいった。

「信じる、信じないはそっちの勝手ですが、はなから私を疑っているのは困りますよ」

と、中島があざ笑った。

「あんたの車を見せてもらいたいな」

と、十津川がいった。

「ボクの車がどうしたんですか？」

「とにかく、見せてくれないか」

と、十津川がいった。

「車庫に入っていますよ」

と、中島がいう。

中島に案内させて、下の車庫を見に行った。車は二台あって、ベンツのほうのエンジンがまだ温かかった。

「この車のエンジンはどうして温かいのですか？」

と、十津川がきいた。

「ちょっと車庫のなかでエンジンテストをしただけですよ」

と、中島がいう。

「おかしいな」

と、亀井がいった。

「何がおかしいんですか？」

「何のためのエンジンテストだ？」

「エンジンの音を聞くのが好きなんですよ。特に、ベンツのエンジンの音がね」

と、中島はしらばっくれた。

「あなたにそんな趣味があるとは思いませんでしたね」

と、十津川が皮肉った。

しかし、それ以上、車について疑問を呈しても、中島の答えは変わらないだろう。それに、中島が犯人だということはわかっているが、証拠がない。

「今日は帰ろう」

と、十津川は亀井にいった。

「何をそんなに興奮しているんですか？」

と、中島がからかうようにきく。

「女が一人死んだんだ。そして、多分キミが犯人だ」

と、十津川が言った。

3

死体の司法解剖の結果が出たのは昼過ぎだった。死亡推定時刻は昨日の午後七時から八時の間、死因は絞殺による窒息死である。いずれも想像した通りのものだったが、中島が犯人だという確信は変わらなかった。

しかし、彼が犯人だという証拠は見つかっていない。宮城県警も十津川の意見を入れて、中島を疑っているようだったが、聞き込みをやっても中島が殺したという肝心の目撃者は見つからなかった。

彼女が死んでいた車のなかの指紋も、やはり犯人が手袋をしていたらしく、これといった指紋は見つかっていなかった。

二日後、仙台市内の長敬寺で田中啓子の葬儀が行われた。夫の田中伸彦の葬儀が行われたのと、同じ寺である。

淋《さび》しい葬儀だった。殺人事件ということもあって、友人や知人が参列を遠慮したからである。そのなかで、中島は平気で参列した。その自信満々な様子に、十津川も亀井も歯がみをした。

しかし、証拠がなければ、彼を逮捕することはできない。

「やはり、私にはあの笑顔が気になりますね」

と、亀井が同じことをいった。

「カメさんはなぜ彼女が笑って死んだと思うんだ？」

と、十津川がきいた。

「第一の理由は、死ぬ気で中島と相対したからじゃありませんか？　殺されることが本望だったんですよ」

「しかし、それじゃあ夫の仇《あだ》が討てないじゃないか」

と、十津川が言った。

「ボイスレコーダーでしょうかね？」

「ボイスレコーダー？」

と、十津川がきいた。

「彼女は中島をあの場所に呼びつけました。二人は会話を交わした。それを彼女はボイスレコーダーに録音して、それを殺人の証拠として、警察に渡そうとしたんじゃありませんか？」

「しかし、ボイスレコーダーは犯人が壊しているよ」

と、十津川がいった。

「壊される前に息を引き取ったとすれば、犯人との会話をうまく録音してあると思い込んで、それでにっこりしたんじゃないでしょうか？」

と、亀井がいう。

「しかしねえ、首からさげて録音していたら、犯人にすぐ見つかってしまう。それでなくても、犯人は用心深く彼女に会ったと思うからね。多分、すぐに見つけて、引きちぎって壊したんだと思うよ」

と、十津川がいった。

「もし壊されたのを知っていたとしたら、どうして彼女は笑っていたのでしょうか？」

亀井の疑問は、またそこに戻ってしまう。

「カメさんは、彼女は頭がいいと思うかね？」

「頭はいいと思いますよ。とにかく、夫の仇を討つために、警部まで巻き込んだんですから」

と、亀井が言った。

「その頭のいい田中啓子が、ボイスレコーダーを首からさげて、犯人に会うだろうか？そんなことをしたら、すぐに見つかってしまうのはわかっているはずだ」

「そういえばそうですね。しかし、犯人から自供の言葉を引き出して、それを録音しようとしていたのは、間違いありませんよ」

と、亀井がいった。

「確かにその通りだが、せっかくの自供が録音できなくては、何にもならないじゃないか。頭のいい田中啓子が簡単に失敗するような方法を取るというのがおかしいんだ」

十津川は考え込んだ。しばらくして、

「あの手を使ったかな」

と、十津川が呟《つぶや》いた。

「あの手って何ですか？」

と、亀井がきく。

「よくわれわれも犯人から自供を取るのに使ったじゃないか」

と、十津川がいった。

「どういうことですか？」

と、亀井が聞く。

「テープレコーダーを二台使うのさ。一台は簡単に見つかるようにしておく。見つけた犯人のほうは安心してしまう。もう一台のほうは絶対見つからないようにしておく。あの手だよ」

と、十津川がいった。

「そんな手を使ったことがありますが、しかし、もう一台のテープレコーダーは、どこにあるんでしょうか？」

「それを探してみようじゃないか」

十津川は急に目を光らせた。

隠してあるとすれば、あのライトバンのなかである。それ以外に考えようがない。十津川は、県警の刑事に手伝ってもらって、問題の車の運転席を徹底的に調べさせた。

運転席の下を探す。助手席の下も探した。しかし、なかなか見つからない。

「徹底的にやってくれ」

と、十津川はいった。

刑事たちがナイフを持ち出してきて、助手席のシートを切り裂いてなかも調べた。

一時間近くの格闘の末、運転席のラジオが鳴らないことに気がついた。引きはがしてみると、ラジオの本体がなくなっていて、そこに期待していたテープレコーダーがはめ込んであった。

ラジオのスイッチを入れると、録音がオンになるようになっていたのだ。

「見つかりましたね」

と、亀井が嬉《うれ》しそうにいった。

「とにかく、聞いてみよう」

と、十津川がいった。

テープを取り出して、テープレコーダーで聞くことにした。再生スイッチを押すと、初めに田中啓子の声が聞こえた。

「来てくれましたね」

「どうして呼び出したんですか？」

と、中島の声が流れた。

「電話でいった通り、夫の残した手帳を、お渡ししようと思いましてね」

と、田中啓子がいう。

「本当に電話でいったようなことが、書いてあるんですか？」

「読みましょうか？」

と、田中啓子の声がいった。

「八月十二日、今日、川西氏が一人で見舞いに来た。そして、思いつめた顔で私にいうのだ。お願いがあります。六月十二日にボクと一緒に、中島も見舞いに来たことにしておいてください。お願いします。と、川西氏がいった。事情を聞いたが、彼はいわない。とにかくお願いします、頼みますといって帰って行った。不可解。これが八月十二日の夫の記述ですよ」

「これがどうかしたんですか？」

「面白いのでお聞かせしただけですよ。どうして川西さんは、主人にこんなことをいったんでしょうかね？」

「川西さんにききたいけれども、彼が死んでしまっているので、きけないなあ」

「それなら、この手帳を警察に差し出しましょうか？」

「どうしてそんなことをするんですか？」

「でも、主人は誰かに殺されたんです。その上、川西さんも殺されていますから、彼に関係のある手帳の記述は、警察に見せたほうがいいと思うんですよ」

「なぜそんなことを、急にいい出したんです？」

「今まで何気なく、この八月十二日のメモを見ていたんですけど、川西さんが死んでから、気になってしようがなくなって、まずあなたにお話ししたんです」

「それなら、その手帳をボクにくれませんか？」

「それは構いませんけど、その前に警察に見せようと思って。亡くなった主人も、そうしたほうがいいというに決っていますから」

「バカなことはしないほうがいい」

「バカなことって？」

「手帳を警察に持って行くってことですよ」

「どこがバカなことなんでしょうかしら？」

「そんなことをすると、どうなるかわかってますか？」

急に中島の声がきつくなった。

「目が怖い」

と、啓子の声がいった。

「とにかく、その手帳をいただこう」

中島の言葉の調子が変わっている。

「やっぱり、あなたが犯人だったんですね」

「何のことをいっているんだ？」

「あなたが主人を殺し、川西さんも殺したんでしょう？」

「どこにそんな、証拠があるんだ？」

「今のあなたの顔つきが、その証拠ですよ」

「バカな女だなあ」

「何がバカなんですか？」

「何も死ななくてもいいと思うんだけどね」

と、中島はいっている。

「私まで殺そうというのですか？」

「ボクはもう何人も殺してきた。もう一人殺しても、別にどうってことはないんだ」

その後で、急に中島の声が荒くなった。

「何だ、それは」

「何のことでしょう？」

「その首からさげているものだよ。こっちへ寄こせ」

「何をなさるんですか」

「畜生！」

と、中島がいい、引きちぎったらしく、息が荒くなっている。

「俺をワナにかけようと思ったのか」

中島の言葉は、ボクがいつの間にか俺になっている。

「こんなもの、使いやがって」

その後、ボイスレコーダーが踏み潰《つぶ》される音が聞こえた。

「こんなもので俺をはめようなんて！」

と、中島がわめくようにいう。

「もう逃げられませんよ」

と、啓子がいった。

「逃げる気はないさ。あんたを殺してやる」

と、中島がいった。

その後は、啓子の声は聞こえず、荒々しい中島の声が聞こえている。「この野郎！　この野郎！」と、同じ言葉を叫んでいる。

そして、静かになり、ドアを閉める音が聞こえて、後は無音になった。

4

「すぐ中島を捕まえに行きましょう」

と、亀井がいった。

「田中啓子が殺されたのは宮城県内だからね、宮城県警に話をつけなくてはいけないよ」

と、十津川はいった。

二人はそのテープとテープレコーダーを持って、杉浦警部に会った。

「黙って聞いてください」

と、十津川はいって、再生ボタンを押した。

杉浦は黙って最後まで聞いてから、

「とんでもない奴だ」

と、呟《つぶや》いた。

「これで中島を逮捕できますね」

と、十津川がきいた。

「もちろんです。すぐ逮捕状を取ります」

と、杉浦は勢い込んでいった。

その日のうちに逮捕状がおりて、県警の刑事と、十津川、亀井の二人も一緒に中島の会社に行った。杉浦が逮捕状を中島に突きつけた。

十津川と亀井は、少し離れた場所から中島の顔を見ていた。問題のテープがかかると、傲慢《ごうまん》だった中島の顔が、ゆがんでくるのが見えた。

そして、最後に突然、低い声で泣き始めた。

「ボクは、ボクは、こんなことになるとは思っていなかったんだ」

と、中島は叫ぶようにいった。

「そうだろうね。あんたは仙台市の名士だ。あんたが何人もの人間を殺すとは、私だって思っていなかったよ」

と、杉浦はいった。

「最初はちょっとしたいさかいだったんだ。彼女とのちょっとしたケンカだったんだ」

と、中島はいう。

「六月十二日の殺しだね」

と、杉浦がいった。

「別に憎んでいたわけじゃないんだ。ちょっとした言葉のやり取りで、カッとして殺してしまったんだ。ただそれだけなんだ。それが始まりなんだ」

と、中島がいった。

杉浦警部が、ちらりと十津川を見た。十津川は中島のそばに行って、

「どんな大事件だって、最初は小さいミスなんだ。そんなもんだよ」

と、十津川はいった。

「それで済んでいたら」

と、中島は溜息《ためいき》をついた。

「それだって、殺人事件には違いないんだ。その時、自首していれば、他の人間を殺す必要もなかったんだ」

と、十津川がいった。

「田中——が——」

と、中島が呟いた。

「田中が手帳を付けていなかったら――」

「田中伸彦が手帳を付けていなかったら、逃げおおせると思っていたんですか？」

と、十津川はきいた。

「そうだよ。その通りなんだ。田中があんなに几帳面《きちようめん》に手帳を付けていなかったら、ボクは一人を殺しただけで、こんなふうに逮捕なんてされていなかった」

と、中島は悔しそうにいった。

「あきれたもんだな」

亀井が横からいった。

5

中島が逮捕されて、今回の一連の事件は解決した。十津川と亀井は、翌朝、東京に帰るために新幹線に乗った。

仙台で中島の取り調べが終われば、彼は東京に護送されてくる。

「まだ田中啓子の気持ちがわかりませんね」

と、亀井がいった。

「どこがだ？」

と、十津川がきく。

亀井は車内販売で買ったコーヒーを前に置いて、

「彼女は、最初から死ぬ気だったんですかね?」

「それはわからないが、死んでもいいという気持ちはあったと思うね」

と、十津川はいった。

十津川は、また、笑っているように見えた田中啓子の死に顔を思い出した。殺される瞬間、これで夫の仇《あだ》が討てると、確信したのだろう。もし、それに気づいていたら、中島は必死になって車のなかを探し、あのテープレコーダーを見つけたかも知れない。

だが、それに気がつかなかったのは、中島のミスといったらいいのだろうか? それとも、感傷的に、田中啓子の夫に対する愛情が勝ったといったほうがいいのだろうか?

「彼女は、夫が亡くなってからずっと何を考えていたんでしょうか?」

と、亀井がきいた。

「そうだな」

と、十津川は窓の外に目をやった。

そう、確かに彼女は何を考えていたのだろう? ただひたすら夫の仇を討つことを、生きがいと感じていたのだろうか? それとも、犯人を捕まえてくれない警察に腹を立てて、自分の手で捕まえようと決心したのだろうか? もし、そうだとすると、あの笑いは警察に対する批判のようにも取れる。

自分が死んだ後、警察が自分の遺体を見つけるだろう。その時、あなたたちがどうしても殺人の証拠を見つけられなかったから、私が見つけてやったわよという気持ちで、あの笑顔を残したのだろうか？　しかしそんなふうには思いたくなかった。

十津川はポケットから手帳を取り出した。啓子から預かっていた手帳である。一ページ一ページゆっくり見ていく。

最後のページに、十津川を誘い出す言葉が書いてあった。これは啓子が、夫の筆跡をまねて書いたに違いない。この言葉を書いた時から、彼女は夫の復讐《ふくしゅう》を誓っていたのだろう。

仙台で捕まった中島に、十津川はきいてみたことがある。彼女を殺す時、彼女の手から手帳を奪ったかどうかである。

「もちろん、焼き捨てましたよ」

と、中島はいった。

「偽の手帳だとは思わなかったのか？」

と、その時、十津川はきいたのだ。

中島もびっくりした顔で、

「偽物？」

と、きいた。

「偽物だよ。あれは彼女がキミを誘い出すために作った、偽の手帳だよ」

「いや、本物だった。田中の筆跡だった」

と、中島はいった。

その時、十津川が本物の手帳を見せてやると、中島は、

「彼女はなぜこれほどまでにして、ボクを自供させようとしたんだろうか？」

その声は、怯《おび》えているように聞こえた。

「彼女は夫の仇を取ろうと必死だったんだ。キミはそれを見抜けなかったのさ」

と、十津川はいった。

中島は何もいわずに、黙ってしまった。

今、十津川はその時のことを思い出している。

「今度の事件が解決したら、もう一度仙台へ行かないか？」

十津川が亀井にきいた。

「いいですね」

と、亀井がいった。

十津川は手帳をポケットに納めてから、

「忘れ物をしたんでね」

と、いった。

「どんな忘れ物ですか？」

「この手帳を、彼女の柩《ひつぎ》に入れるのを忘れたんだよ」

と、十津川はいった。

「だから、仙台へ行って、彼女の墓に納めようと思ってね」

と、十津川はいった。

この手帳を納めた時、多分、事件はすべて完全に終わるのだろう。

※この作品はフィクションです。実在の個人、団体とは一切関係ありません。（編集部）

本書は二〇〇五年五月、双葉文庫より刊行されました。

仙《せん》台《だい》青《あお》葉《ば》の殺《さつ》意《い》

西《にし》村《むら》京《きょう》太《た》郎《ろう》

平成24年 1月25日　初版発行
令和6年 12月10日　7版発行

発行者●山下直久

発行●株式会社KADOKAWA
〒102-8177　東京都千代田区富士見2-13-3
電話　0570-002-301（ナビダイヤル）

角川文庫 17234

印刷所●株式会社KADOKAWA
製本所●株式会社KADOKAWA

表紙画●和田三造

●お問い合わせ
https://www.kadokawa.co.jp/（「お問い合わせ」へお進みください）
※内容によっては、お答えできない場合があります。
※サポートは日本国内のみとさせていただきます。
※Japanese text only

ISBN978-4-04-100127-1　C0193

角川文庫発刊に際して

角川源義

第二次世界大戦の敗北は、軍事力の敗北であった以上に、私たちの若い文化力の敗退であった。私たちの文化が戦争に対して如何に無力であり、単なるあだ花に過ぎなかったかを、私たちは身を以て体験し痛感した。西洋近代文化の摂取にとって、明治以後八十年の歳月は決して短かすぎたとは言えない。にもかかわらず、近代文化の伝統を確立し、自由な批判と柔軟な良識に富む文化層として自らを形成することに私たちは失敗して来た。そしてこれは、各層への文化の普及滲透を任務とする出版人の責任でもあった。

一九四五年以来、私たちは再び振出しに戻り、第一歩から踏み出すことを余儀なくされた。これは大きな不幸ではあるが、反面、これまでの混沌・未熟・歪曲の中にあった我が国の文化に秩序と確たる基礎を齎らすためには絶好の機会でもある。角川書店は、このような祖国の文化的危機にあたり、微力をも顧みず再建の礎石たるべき抱負と決意とをもって出発したが、ここに創立以来の念願を果すべく角川文庫を発刊する。これまで刊行されたあらゆる全集叢書文庫類の長所と短所とを検討し、古今東西の不朽の典籍を、良心的編集のもとに、廉価に、そして書架にふさわしい美本として、多くのひとびとに提供しようとする。しかし私たちは徒らに百科全書的な知識のジレッタントを作ることを目的とせず、あくまで祖国の文化に秩序と再建への道を示し、この文庫を角川書店の栄ある事業として、今後永久に継続発展せしめ、学芸と教養との殿堂として大成せんことを期したい。多くの読書子の愛情ある忠言と支持とによって、この希望と抱負とを完遂せしめられんことを願う。

一九四九年五月三日

角川文庫ベストセラー

角川文庫ベストセラー

十津川警部 雪と戦う　西村京太郎

伊豆 下賀茂で死んだ女　西村京太郎

城崎にて、殺人　西村京太郎

南九州殺人迷路　西村京太郎

伊勢志摩殺意の旅　西村京太郎

伊豆の旧天城トンネルが爆破され、湯沢のスキー場でゴンドラが爆発した。一連の事件を大型犯罪の〝予行演習〟と推理した十津川警部。湯沢に急行した彼を待っていたのは、JRと道路公団に届いた脅迫状だった。

伊豆下賀茂のテニスコートで、美人プロテニス選手の殴殺死体が発見された。直後、コーチ、大会スポンサー社長と連続して惨殺され、そのすべての現場には何故か「メロン最中」が残されていた……。

城崎温泉を訪れていた宝石外商員が殺害された。十津川警部は、この事件に巻き込まれたかつての先輩・岡田とともに事件の謎を追うが、その後も次々と殺人事件が起きてしまい。傑作トラベル・ミステリ！

桜島行きフェリーの上で、鹿児島選出の代議士秘書が刺殺された。容疑者は何と十津川警部の部下・西本刑事の見合い相手だった！　そして2日後には指宿でも新たな殺人が……恐るべき陰謀の正体とは？

地下鉄車内で男が刺殺された。彼は謎の言葉を残していた。身元は不明だが、派出所で「警察の元締めはどこか」と尋ねていたこと、伊勢名物・赤福餅を持っていたことが判明。十津川は伊勢へ飛ぶ。

角川文庫ベストセラー

急行アルプス殺人事件　西村京太郎

坂口刑事は急行「アルプス」で移動中、車の炎上を目撃する。乗務員と協力して車中の女性を助け出すが、女性は間もなく死亡。やがて乗務員が殺されていき……十津川の推理が冴える傑作鉄道ミステリ集！

殺人者は西に向かう　西村京太郎

身寄りのない老人が亡くなった際、有料で遺品を回収する遺品整理会社。その従業員が死体で発見された。十津川警部が遺品の主の身辺を洗うと、岡山で殺人が起こっていたことがわかる。そして第3の殺人が。

特急「ゆうづる3号」の証言　西村京太郎

一人旅を楽しんでいた三浦あや子は田沢湖で青年実業家・田代の車に拾われる。しかし、車中で乱暴されてしまう。そのとき傍らの線路を特急「ゆうづる3号」が通過した……。鉄道ミステリー集！

死のスケジュール　天城峠　西村京太郎

マンションのベランダから転落死した男。彼の身元を調べると、総理大臣・安達の秘書だということが判明した。十津川警部が捜査を開始すると、安達首相暗殺計画の情報がもたらされ……。長編ミステリ！

京都駅0番ホームの危険な乗客たち　西村京太郎

交通事故で死亡した女性の財布に残されていた新聞広告の切り抜き。十津川警部はこの切り抜きに隠された犯行計画を推理する。一方、京都駅の0番ホームには、広告を目にした残りのメンバーが集結し始め……。

角川文庫ベストセラー

出雲神々の殺人　西村京太郎

「これは神々の殺人の始まりだ」連続殺人の刺殺体の上には奇妙なメモが残されていた。十津川警部はメモを手がかりに出雲へ。そして無人島・祝島に辿り着き、島の神主の息子を容疑者と特定するが……。

十津川警部捜査行
北海道殺人ガイド　西村京太郎

函館本線の線路脇で、元刑事の川島が絞殺死体となって発見された。川島を尊敬していた十津川警部は、地道な捜査の末に容疑者を特定する。しかし、その容疑者には完璧なアリバイがあり……!?　傑作短編集。

無縁社会からの脱出
北へ帰る列車　西村京太郎

多摩川土手に立つ長屋で、老人の死体が発見される。無縁死かと思われた被害者だったが、一千万円以上の預金を残していた。生前残していた写真を手がかりに、十津川警部が事件の真実に迫る。長編ミステリ。

十津川警部「目撃」　西村京太郎

東京の高級マンションと富山のトロッコ電車で、いずれも青酸を使った殺人事件が起こった。事件の被害者に共通するものは何か？　捜査の指揮を執る十津川警部は、事件の背後に政財界の大物の存在を知る。

中央線に乗っていた男　西村京太郎

鑑識技官・新見格の趣味は、通勤電車で乗客を観察しスケッチすること。四谷の画廊で開催された個展を十津川警部が訪れると、新見から妙な女性客が訪れたことを聞かされる――十津川警部シリーズ人気短編集。

角川文庫ベストセラー

殺人偏差値70
西村京太郎

大学入試の当日、木村が目覚めると試験開始の20分前。どう考えても間に合わないと悟った木村は、大学に「爆破予告」電話をかける。まんまと試験開始時刻を遅らせることに成功したが……。他7編収録。

東京ミステリー
西村京太郎

江戸川区内の交番に勤める山中は、地元住民5人と一緒に箱根の別荘を購入することに。しかし別荘に移ったしばらく後、メンバーの1人が行方不明になってしまう。さらに第2の失踪者が――。

十津川警部 神話の里殺人事件
西村京太郎

N銀行の元監査役が「神話の里で人を殺した」と遺書を残して自殺した。捜査を開始した十津川警部は、遺書に書かれた事件を追うことに……日本各地にある神話の里は特定できるのか。十津川シリーズ長編。

十津川警部 三河恋唄
西村京太郎

左腕を撃たれた衝撃で、記憶を失ってしまった吉良義久。自分の記憶を取り戻すために、書きかけていた小説の舞台の三河に旅立つ。十津川警部も狙撃犯の手がかりを求め亀井とともに現地へ向かう。

Mの秘密 東京・京都五一三・六キロの間
西村京太郎

作家の吉田は武蔵野の古い洋館を購入した。売り主の母は終戦直後、吉田茂がマッカーサーの下に送り込んだスパイだったという噂を聞く。そして不動産会社の社員が殺害され……十津川が辿り着いた真相とは？

角川文庫ベストセラー

十津川警部　湖北の幻想　西村京太郎

時代小説作家の広沢の妻には愛人がおり、その彼がダイイングメッセージを残して殺された。また、柴田勝家が秀吉に勝っていたら、という広沢の小説は事件にどう絡むのか。十津川が辿り着いた真相は。

房総の列車が停まった日　西村京太郎

東京の郊外で一人の男が爆死した。身元不明の被害者には手錠がはめられており広間にはマス目が描かれていた。広間のマス目と散乱した駒から将棋盤を連想した十津川警部は将棋の駒に隠された犯人の謎に挑む！

鎌倉・流鏑馬神事の殺人　西村京太郎

京都で女性が刺殺され、その友人も東京で殺された。双方の現場に残された「陰陽」の文字。十津川警部は、被害者を含む4人の男女に注目する。しかし、浮かび上がった容疑者には鉄壁のアリバイがあり……。

北海道新幹線殺人事件　西村京太郎

売れない作家・三浦に、出版社の社長から北海道新幹線開業を題材にしたミステリの依頼が来る。前日までに出版してベストセラーを目指すと言うのだ。脱稿した三浦は開業当日の新幹線に乗り込むが……。

裏切りの中央本線　西村京太郎

大学時代の友人と共に信州に向かうことになった西本刑事。しかし、列車で彼と別れ松本に着くと殺人事件が起こる。そこには、列車ダイヤを使ったトリックが隠されていた……他5編収録。

角川文庫ベストセラー

角川文庫ベストセラー

深泥丘奇談《みどろがおかきだん》　綾辻行人

天河伝説殺人事件　内田康夫

約束の街⑧
されど時は過ぎ行く　北方謙三

魔力の胎動　東野圭吾

ブレイブ・ストーリー（上）（中）（下）　宮部みゆき

ミステリ作家の「私」が住む〝もうひとつの京都〟。その裏側に潜む秘密めいたものたち。古い病室の壁に、長びく雨の日に、送り火の夜に……魅惑的な怪異の数々が日常を侵蝕し、見慣れた風景を一変させる。

能の水上流の舞台で、宗家の孫である和鷹が道成寺を舞っている途中で謎の死を遂げた。妹の秀美は兄の死後、失踪した祖父を追って吉野・天河神社へと向かうが……名探偵・浅見光彦が挑む最大級の難事件。

酒場〝ブラディ・ドール〟オーナーの川中と街の実力者・久納義正。いくつもの死を見過ぎてきた男と男。戦友のため、かけがえのない絆のため、そして全てを終わらせるために、哀切を極めた二人がぶつかる。

彼女には、物理現象を見事に言い当てる、不思議な〝力〟があった。彼女によって、悩める人たちが救われていく……東野圭吾が小説の常識を覆した衝撃のミステリ『ラプラスの魔女』につながる希望の物語。

ごく普通の小学5年生亘は、友人関係やお小遣いに悩みながらも、幸せな生活を送っていた。ある日、父から家を出てゆくと告げられる。失われた家族の日常を取り戻すため、亘は異世界への旅立ちを決意した。